瓦房店记

周平松 著

陕西新华出版
太白文艺出版社·西安

图书在版编目（CIP）数据

瓦房店记 / 周平松著. -- 西安：太白文艺出版社，2023.5
　ISBN 978-7-5513-2380-2

Ⅰ. ①瓦… Ⅱ. ①周… Ⅲ. ①散文集—中国—当代 Ⅳ. ①I267

中国国家版本馆CIP数据核字（2023）第061092号

瓦房店记
WAFANGDIAN JI

作　　者	周平松
责任编辑	党晓绒
封面设计	阮　强
版式设计	马　娟
出版发行	太白文艺出版社
经　　销	新华书店
印　　刷	安康市汉滨区文化印务公司
开　　本	787mm×1092mm　1/16
字　　数	150千字
印　　张	10.875
版　　次	2023年5月第1版
印　　次	2023年5月第1次印刷
书　　号	ISBN 978-7-5513-2380-2
定　　价	58.00元

版权所有　翻印必究
如有印装质量问题，可寄出版社印制部调换
联系电话：029-81206800
出版社地址：西安市曲江新区登高路1388号（邮编：710061）
营销中心电话：029-87277748　029-87217872

目录

第一辑　乡土篇

谁能带走一棵树	/ 003
母亲的茶香	/ 009
任河的滩声	/ 012
米溪雪	/ 014
却话巴山秋雨时	/ 016
屋顶上的树	/ 018
瓦房店记	/ 020
青青端午露	/ 024
无花果	/ 026
野叫叫儿	/ 028
焕古渡	/ 031
立夏鸟鸣幽	/ 033
野画眉	/ 035

聆听斑鸠	/ 037
春日短章	/ 040
探幽魔王沟	/ 042
月池沟三叠泉	/ 045
和渣清香	/ 047
蒸蒸日上"蒸盆子"	/ 050
紫阳小吃二则	/ 052
天赐佳果金钱橘	/ 054
怀念林本河	/ 056
双安散记	/ 059
黑龙村茶事	/ 061
怀念马军	/ 065
鼓台仙踪陕南武当——擂鼓台	/ 068
从紫阳堡走出的紫阳先民	/ 072
茶马古道之陕南紫阳	/ 076
任河岸边七宝塔	/ 081
悬鼓是个湾	/ 085
地炉记	/ 087
烟雨擂鼓台	/ 090
过客蒿坪	/ 092
邂逅高桥	/ 094

冻桐子花	/ 096
麦坪的青桩	/ 099
执着的虎耳草	/ 102
水麻婆娑	/ 104
栽洋芋的人	/ 106
洋丁丁	/ 109
村路	/ 112
风来厚朴香	/ 115
甜水井	/ 118

第二辑　学思篇

走敦煌	/ 121
阳关烽燧	/ 124
在敦煌遇见夜光杯	/ 126
新马说	/ 128
钓鱼的玄机	/ 130
青衣蝈蝈	/ 132
猎人	/ 134
玫瑰塬	/ 137
人生的韧度	/ 140
读书札记	/ 142

幸福在哪里　　　　　　　/ 144

另眼看奥运"首金"　　　/ 146

《花腰新娘》观后　　　　/ 148

岁月如歌　　　　　　　　/ 150

阅读舞蹈　　　　　　　　/ 152

关于紫阳置县时间的说明　/ 154

晚清进士赖清键　　　　　/ 156

读叶松铖散文有感　　　　/ 161

文字的风骨　　　　　　　/ 164

诗情画意瓦房店
　　——读周平松的散文《瓦房店记》
　　　　　叶柏成　/ 166

乡土篇

第一辑

谁能带走一棵树

我在骊山的道观里看到了阔别二十余年的皂荚树。初见时我已经有些不认识了,只觉得树长得颇为清奇,树叶像槐树,又分明感觉陌生。因为长在道观,树的周身披挂了不少红布条,是香客们还愿祈福所系。直到走近,看见树干突兀长出的一簇簇利刺,我才恍然大悟:这是皂荚啊!不禁一阵唏嘘,不由得想起故乡瓦房店的两棵皂荚树来。

我童年生活的瓦房店,是一座水边的小镇。这座百年老镇隐藏在大巴山中,很有些名气。镇子不大,但古色古香,临河都是吊脚楼。街面上大多是青砖灰瓦修建的高屋,有高高的风火墙。一些大户人家的建筑还雕梁画栋。寻常百姓家虽没有这排场,却讲究庭院整洁。镇子倘若保存到现在,该是难得的古迹了。小镇最显著的标志,是两棵巨大的皂荚树,不知生长了几百年。它们树干遒劲,枝繁叶茂,远近闻名。无论谁提到小镇,都会想到它们。当年我家就住在树下,那时候还没有门牌号,若有人问及,只答曰"皂荚树下",对方立即就明白了。

树的浓荫覆盖了大半个街面,树下用青石板搭了凉凳,供往来的旅客歇脚,周围的住户乘凉、闲话。大多数邻居甚至连吃饭,也要端着碗来聚会。树下成为一个凝聚人心的场所。春夏秋冬，斗转星移，皂荚树和人们朝夕相处，仿佛成了老伙计、老熟人。

记得邻家有一位闲居的老人，姓谢。儿女们都在青海干得很不错，几次三番地要接老人一块儿生活，老人都坚决地拒绝了，因为他舍不得离开这儿。青海他是去过的，那干燥的环境让他难以适应。老人很慈祥，经常拿一些糖果分给小孩，很受大家喜爱。

大家在皂荚树下纳凉时最喜欢听他说古。有一年夏天的一天，大伙在树下谈天入了神，一条大蛇从树上溜下来，悄无声息地出现在他的背后，不知谁一声惊呼，蛇迅疾游走了。此后，只要我坐在树下，就担心树上会不会再溜下一条蛇来，总要抬起头望着树上。树是那样地粗壮、苍老——其实它们还处在青壮年时期呢，通体强健，充满力量。它们从河岸边的巨石中挺立起来，仿佛从石头中挤出来的似的。绿叶掩映的枝干间长出一簇簇尖刺，即皂荚刺。正是这些尖锐的刺，阻止了人们的攀缘，捍卫了树的自由。

每年夏天，皂荚树开始结果。两棵树分雄雌，雄树一般粗壮一些，只有雌树才会挂果。一串串小刀似的荚果，初始时是碧绿可爱的，一串一串，数也数不清。夏日里有风，我曾在绿荫里飞起过一架纸飞机，它竟然神奇地悬停了数秒钟。没想到，二十多年过去，我依然记得清清楚楚。另外，我还记得有一种俗名叫作"寸金虫"的绿色小虫子，拉着几丈高的细丝，一伸一缩，弓着身子爬上爬下也很有趣。

皂荚树守候在河岸上，旁边的任河，是汉江最大的支流。这是通往蜀地的一条倒流河，曾经被学者猜测为《水经注》里的"王谷"，颇有几分神秘。任河的河水清澈透亮，游鱼沙石清晰可见，河道中有很多巨石，在皂荚树附近就分布有一大一小两个石包，分别以大石包、小石包命名，从水面上看犹如两座小岛。另有一块簸箕石，也很有名。它直径两丈有余，顾名思义，其形如簸箕，平时隐藏在水里，绝不露出水面。常有横渡任河的汉子，途中会在此石上立脚歇气。夏日里任河就成为戏水少年们的战场。他们赤身裸体，个个身手敏捷犹如"浪里白条"，轮番抢占石头阵地。河面上一时间水花四溅、攻守瞬间易主，戏水少年们纷纷大呼小叫，喧闹成一团，一条河都被搅得沸腾起来。岸上观者如潮，喝彩声不绝于耳。游戏之余，就喊叫岸上扔下几只塑料桶，有人泅过对岸，到山脚下的石壁间灌满清凉的山泉水，用来解渴或者冰镇水果，也有讲究的人用来烹茶。谢老便是后者。他经常用山泉水泡了好茶，坐在皂荚树下慢慢品。

水里的鱼很多，站在皂荚树下，可以清清楚楚地看见河中来来往往的鱼群，大的小的，鳞片在阳光下闪闪发光。寸许的小白条，尺许的钱鱼矫捷地游过巨石，或者围着青苔窃窃私语。偶有木船击水，或者鹞子从碧空划过，引起鱼群惊慌失措，纷纷潜入了石底再不出来。当地渔民因地制宜，根据季节特点捕鱼各有妙招，有撒网的、垂钓的，也有扳罾的，比较有趣的是用捞兜捞鱼，通常在雨天涨水以后，河流湍急，河水浑黄，鱼群在惊涛骇浪中只有贴岸疾游，此时用捞兜顺水一捞，就可能有鱼儿入网。捞兜形制大体采用一丈左右的长木竿，前段用木叉竹片安装一只长网兜；网兜大小制作跟人的臂力大小有关，力气大的网兜就大，力气小的网兜就小。父亲当年就喜欢用网兜捞鱼。他稳立在波涛汹涌的河岸边，很是惊险刺激。常常有大鱼被捞起，自然惊喜不断。与此同时，河对面悬崖边上的农人用方方的罾网捕鱼，一起一落之间，鱼儿应声落网。运气好的时候，一下子能捕获几十条大鱼，羡煞了用网兜捞鱼的人。

捞到的大鱼往往是任河特有的鲇鱼。其头大嘴阔，全身无鳞，在水中极其凶恶，是河中一霸，但肉质鲜美，用来清炖豆腐尤佳。说起鲇鱼，父亲身上有一处疤痕就与它有关。那年月，有人偷偷地用雷管炸鱼，河道上经常传出沉闷的爆炸声。有时候在上游被震晕的鱼，逃到下游就翻肚了，在浪波里随波逐流，而被眼尖手快的人捡漏，懂水性的就泅水过去，白捡一条鱼。

那是多年前的一个夏日，父亲独自在皂荚树下纳凉，忽然发现河面上有白色亮光，悠悠地顺流而下。他很快判断是一条大鱼。父亲飞快地跑下河岸，可岸边怪石嶙峋，待他一步跃上小石包，不料足下一滑，摔了一跤。父亲顾不上疼痛，当即扑下大河去追逐大鱼。等他上岸后，才发现手中是一尾大鲇鱼，足足有十七八斤。这时腿上疼痛难忍，他才发现膝盖擦掉了一大块皮，鲜血直流。可当时父亲年轻气盛，没有在意，回去后也仅做了简单包扎，不料伤口感染了，疼了一个多月才痊愈。从此他的膝盖上就留下了一道明显的疤痕。父亲每每看到疤痕，就会想起那尾大鲇鱼，至今回忆起那鱼汤的鲜美，还赞不绝口。我得承认，父亲在皂荚树下追鱼的"壮举"，奠定了他在儿子心目中的英雄形象。对比二十年后由于生活的艰辛已日渐衰老的父亲，不禁让人唏嘘感慨。

皂荚树和小镇休戚与共经历过很多艰难岁月。给我印象最深的是洪水。任河流域每年到了夏秋之际就进入了汛期。据说镇上的民居多以木板为墙，就是为防水患到来时，便于拆卸救生。1983年7月31日的安康大洪水，让人终生难忘。那年我刚4岁。当时，正值7月，雨水特别多，发大水的前几天，雨下得又大又猛。河水嘶吼着，浊浪滔滔，让人心惊肉跳。小镇人明白躲不过一场洪灾了，就开始陆续往高处转移一些家具财物。洪水当天，人们正在吃早饭，有人发现洪水渐渐平了街面，家家户户立即匆匆撤离房屋。大雨倾盆而下，躲在高处的人们惊恐地眼看着洪水淹没了自家的房屋和树干，只剩下高高的皂荚树冠还在汹涌的洪流中拼命挣扎。而夜幕时分，洪水把树冠也全部吞没了。两天后，洪水渐渐消退，我们的家园已几近被毁，但人们惊喜地发现，两棵树竟然英雄般存活了下来，巨大的洪水只让它折损了一些枝条。这又算得了什么呢？皂荚树给劫后余生的人们带来了希望！在灾后重建的岁月中，它们和小镇一起迅速恢复了元气，而且长得愈发葱茏，愈发让人敬仰。

从出生开始，我在小镇上生活了整整9年时间。母亲当年用秋后的皂荚——黑油油的成熟皂荚捣碎了洗衣服，那是天然的去污剂。她还经常用皂荚泡水为我洗头发，我的头发因此也黑油油的。所以，我感激皂荚树。二十多年过去了，我依然深深地怀念皂荚树。我得承认，许多往事都已经忘得无影无踪，唯有与皂荚树有关的事情，是我童年时期最难以忘怀的记忆。

小镇的下游新修了一座水库，小镇成了淹没区，人们要么搬到了山上，要么搬到了河对岸。人们在撤离之前，曾讨论过皂荚树的命运，但最终只能将它砍伐。谁又能带走一棵根深叶茂的参天大树呢？我不知道砍伐皂荚树时分，人们是怀着怎样难过的心情的。人们一家家陆续搬走，渐渐地人去镇空。就在这年秋天，谢老也被儿女们接去青海了。据说，临行前老人抚摸着斑驳的皂荚树身，禁不住老泪纵横。

  多少次我故地重游，驾起一叶扁舟，在碧波荡漾里搜寻水草间那些残存的遗迹。它们提醒着我，那里曾是我赤足奔跑过的街道；是我朝夕生活过的地方——当年我们还坐在皂荚树下仰望过深蓝的天空。如今只遗憾皂荚树不在了，但在小镇人心目中，它永远伟岸地挺立在那里，永远婆娑招摇、绿意盎然。

（刊于《安康文学》2013年冬季刊）

母亲的茶香

我是不大饮茶的,渴了常饮白开水。故乡的水好,浅淡中颇有滋味。

然而,在参加工作那一年,我将离开家门的时候,母亲送我一包茶,让我带上。我说我不喝茶的,母亲说那是自己炒制的,拿上好招待同事,还说待客没有茶怎么行。我把这包茶带到单位,有同事来访就泡上一杯,茶叶在玻璃杯里舒卷,散发出幽幽的香气,气氛温馨而融洽,我不禁感激母亲的细心和周全。

母亲的娘家在农村,她没有上过学堂,早早地就参加了劳动。母亲长得矮矮胖胖的,并不漂亮,但她和和气气,心地良善,帮父亲操持着家务,没有一丝埋怨,也没有一刻空闲。每年二三月,她就到瓦房店茶园帮忙采茶,挣1斤1毛钱的手工费,以补贴家用。母亲的手也在这一段时间变得不仅粗糙而且乌黑,却沾染了浓郁的茶香。我从此知道,为什么我品尝的第一口茶,是那样苦涩,回味许久后,唇齿间才感到香甜。

母亲很会做饭,虽没刻意学过烹调,但她做的菜总是很有滋味、让人赞叹。就连当过厨师的挑剔的祖父,也挑不出毛病。父亲没能继承祖父的手艺,是老人的遗憾,因此母亲做菜，就经常得到祖父的指点。看得出来，祖父想把自己的手艺传给母亲。母亲用南瓜馅做的饺子和腌菜烧的鱼羹，来治愈我和弟弟的嘴馋。她也经常做浓郁的豆豉和香辣的红豆腐送给街坊邻居品尝，照例能赢得赞赏。四邻也回送一些水果小吃给母亲，通常也是被我和弟弟瓜分。

祖父闲居在家，每天早上要吃母亲买的瓦房店回民老来家的椒盐烧饼，再喝上一壶母亲泡上的酽茶。祖父也给我和弟弟分食一块烧饼。我唯一不满的是当年祖父在分饼的时候不讲平均，总是多分给弟弟些。有时对于家人对弟弟的偏爱我很愤怒，而且不懂事地吵闹。母亲就常说谁让你是当哥的呢，应该让着弟弟点。在母亲的安慰下我心里释然了。长大后我也渐渐明白了其中的道理，谁让古代孝悌的思想在中国家庭里浸淫了这么久呢。于是也就知道大家庭里，当大哥的为什么一般都老实而且宽容，小弟弟为什么常常乖巧和狡黠了。

那时，我顶喜欢老来家的椒盐烧饼。那烧饼趁热涂抹上母亲做的红豆腐，热热地吃下去，再喝一口白水，简直就是天底下最美味的小吃。我也曾极其热心地向别人推荐过，现在想来非常好笑，有点像小说里所写的在冬天里向国王献晒背方法的乞丐。那时的大人们会不会笑话我的鄙陋呢？

母亲的和善为她赢得了很好的人缘。很多受过母亲恩惠的村民常常送来一些小菜，还极其热忱地邀请母亲到自家的茶园去采茶。茶叶是送给母亲的，但需要自己采摘。母亲推辞不了，稍有闲暇的时候就随他们去了，有时也带上我和弟弟。我们当然受到很热情的招待，归来时母亲的竹篓里已经盛满了鲜叶，而我和弟弟的衣兜里也鼓鼓囊囊的，不是核桃和板栗，就是炒豆和花生。

夜里，母亲就爨起柴火，刷洗干净大铁锅，倒入新鲜的茶叶开始炒制。茶叶在铁锅里噼啪作响，香味悠长。母亲不停地翻炒，看着鲜叶的绿色变深，就停止翻炒；然后将杀青好的茶叶倾入宽圆的簸箕里散开降温；最后开始揉制。这时最费工夫，散开的茶叶在母亲的掌中腾挪成茶饼，直至成团。当每一个叶片蜷曲成好看的细条形的时候，再把它们薄薄地摊开晾干。第二天，我们在干干净净的簸箕里看到已经炒制好的翠绿的茶叶，而母亲的手心手背全是乌黑的了，但她的眼神却是疲惫中带着兴奋。因为我们今年待客的茶有了。

在我的印象中，母亲似乎很少饮茶。祖父和父亲以及来客却常常喝到母亲炒制的茶。客人们也常常夸母亲不仅会做一手好菜，还会做茶，而且做得如此地道。母亲只是微笑着又殷勤地给客人的茶杯续水。从那时起，我耳濡目染继承了母亲的勤俭持家之道，学会了如何在平淡的生活中咀嚼出滋味来。

常年不在母亲身边，和家人很是疏远，我常常感到心里不安。马上要过母亲节了，我泡了一杯茶，静静地坐在窗前，在幽幽的茶香中思念起母亲来。

（刊于《中国电视报》2009 年 5 月 21 日）

任河的滩声

从某种意义上说,滩声是一种让人难以忘怀的天籁。

喂养我长大的任河,曾经千折百回地穿过巴山重重屏障,撞击出一曲曲激越的战歌。作为生于斯长于斯的人们,面对无数险峻滩头,看浪花飞雪,听河流咆哮如雷,谁不会热血沸腾呢?能与之争锋的只有慷慨豪迈的纤夫号子。它穿越过无数峥嵘岁月,见证了人与自然的不屈抗争,谁听了不会刻骨铭心呢?

任河说来是一条神秘的河流。它虽然是汉江的一级支流,但身世缥缈,无法考证。如果单从"它是一条倒流河"来讲,它从东南向西北,在大巴山的崇山峻岭中开辟出一条通道,的确够任性的,前人是不是从这个角度来给它命名的,今人无法得知。但它的确是沟通川东与陕南的一条秘境。

任河以其谷峡滩险,与峰岭奇峭的巴山为伍,共同组成雄奇壮观的山水。任河上中游有灰龙峡、青龙峡、平坝河峡等大峡谷,而川陕交界处的三十里峡,为诸峡中最壮观者。三十里峡又名木兰峡,激浪奔流10公里,流滩达28处之多,仅小木栏、幺卡子、窑坪、木栏洞2公里流程,跌差高达12米。其中木栏滩浩浪翻天、喷响如雷,滩间冷风逼人,形成数米高的瀑布。纵横于川蜀道中的任河汉子,信服一句老话叫"船怕号子马怕鞭"。遥想峡谷幽深，乱石嶙峋，猛浪若奔的岁月，任河汉子们驾船劈波斩浪，逆流而上，嗬嗬呼呼，号声震天；声浪在悬崖峭壁间碰撞、交织，生机勃勃，酣畅淋漓。当纤绳牵挽的货船跃出滩口，那滩声早就化作宏大的背景音乐了。

多年以后，我在任河边戏水荡舟、捉鱼弄虾时，不曾了解任河经历的沧桑巨变，下游水库让它成为一个烟波浩渺的湖泊。从前激流汹涌，而今静水深流。那滩声也化为绝响，让人怅惘不已。当年叱咤风云的纤夫水手，渐渐退出历史舞台，驾一叶扁舟，欸乃于青山绿水之间，渔樵于江渚之上，徒有一种化剑为犁的味道。

当再次怀念那滩声龙吟时，今年夏天，我来到任河岸边。湖水退却，河床隐现，我依稀看到了河流的模样。在河流狭窄处，我又听到了久违的滩声！那原本寂静落寞的河岸陡然有了声色。从悬崖上挺立的青青翠竹，到河岸边恣肆蔓延的离离青草，都格外精神抖擞，仿佛聆听战鼓隆隆即将出征的战士。伴随着如雷滩声，任河才恢复了龙腾虎跃的身姿，才恢复了盘马弯弓、纵横决荡、勇往直前的英雄气概。青山遮不住，毕竟东流去。

久久站立任河滩头，面对这行将干涸的河床抚今追昔，徒然感慨。那一条临水而建的斑驳长街和青石板铺就的平仄街面；那曾经显赫一时的市井繁华苍劲挺拔的古树，就像被一阵风卷走的小镇——马孔多，留下的都将是不一样的"百年孤独"。只有任河滩声，虽然在烟波中稍纵即逝，但依稀能够填补那一段悠远的空白。

（刊于《中国工商报》2017年5月6日）

米 溪 雪

腊月，朔风劲吹。天灰蒙蒙，彤云笼罩群山。四野萧索，人常常觉得孤独寂寞，徒增了许多感慨。尤其是薄暮时纷飞的寒雨，让人想起米溪梁上早该下雪了吧。

小城北部的米溪梁是一道天然屏障。越过高高的山梁就到达低缓的山间盆地，这里是县里重要的米粮产地。我在此地工作了十余年，有很多机会乘车翻越米溪梁。我熟悉山道的崎岖盘旋和陡峭险峻，难忘路旁冲天而起的白杨，以及每年下的最早一场雪。

山高路险，旅途寂寞。零落的村居三三两两散落路旁。春日朝霞满天，看一轮红日喷薄而出，座座群山雄伟壮丽如巨人静默。遥远天际的一只苍鹰长鸣而至，让人豪情澎湃。

夏日还可近观云海，山顶人家如居蓬莱仙境。正是"白云生处有人家"，而云雾缥缈倏忽聚散。如舟行海上，让人啧啧称奇。

最难忘的是秋日的数百棵白杨落叶缤纷、金黄满地，弥漫着几分诗意的景致。耳边如果飘来忧郁而甜蜜的萨克斯，马上就会勾起淡淡的乡愁。

然而在冬季，尤其在早雪过后，米溪梁就由于冰雪难以融化，而被旅行者视为畏途。冰雪过厚，就封山禁止通行，因此阻断了游子归家之路，也常常造成县城北部的门户物资紧缺。居家过日子的人们常操心冬天取暖用煤，最关心的是，米溪梁上的雪该化了吧？

我在冰雪路上遇过一次险。当时刚过春节，我乘坐的班车途中打滑撞到了路边的白杨树上，幸好车刹住了。我惊魂未定地跳下车一看，不禁吓出一身冷汗，原来车前轮已经在山崖外了。山下怪石嶙峋，山风凛冽，同行数人皆庆幸劫后余生之余，不禁对老白杨树感激涕零：真是一棵神树哪！

此后，每次上米溪梁，都因心存感恩而要用目光搜寻那棵树。从此我也明白了人生无常，并非时时处处都是坦途，总有崎岖坎坷要经历。在无数次风雨洗礼中，人都会慢慢地走向成熟。

却话巴山秋雨时

立秋之后，酷热依然统治着巴山谷地。从凯旋的庄稼暗自疲惫的神情里，从任河岸边裸露的河滩上，从焦急的蝉鸣声中可以感知，万物都不约而同地在期盼一场痛痛快快的秋雨。大地激浊扬清地涤荡满身的污垢，人们也渴望早日拥有秋天的宁静和清凉，如一阵激情演奏过后，再次弹响舒缓的乐章。

秋雨不期而至，以至于赶集的人们忘记了带雨具，不得不匆忙地行走。一贯疾速的出租车在街上鱼贯穿行，生意好了许多。这是阳历八月我在这个山中的小镇看到的情形。一瞬间，天地一片茫茫。远山全然不见，只有近处的山峦越来越清晰，如一幅远淡虚空的山水，"小桥流水人家，古道西风瘦马"则充斥着诗人的想象。要想在高楼林立中听到"大珠小珠落玉盘"般的雨声，是不大可能了。只有躲在巴山人家的石板房内，尚可听到叮咚的奏鸣。此种天籁仿佛生于远古的一只只石磬之上。

遥想晚唐的一位诗人，一生都在倾轧的官场上黯然失意。在漂泊的羁旅途中，依稀是在巴山，遭遇了一场夜雨。于是想起了北方的家人，抒发一段真挚的情意。从此巴山的夜雨就平添了一股浓浓的诗意而流传千古了。"君问归期未有期，巴山夜雨涨秋池。何当共剪西窗烛,却话巴山夜雨时。"妙就妙在用平淡语句吟出了满腔深情。思念犹如秋池高涨,诗人却用相聚的喜悦掩盖痛苦的别离,该是何等地欲说还休!

然而在陕南的巴山谷地,往往是雨热同期。天气越热的七月,正是暴雨肆虐的时候。一场连绵大雨往往就酿成灾难。淫雨成灾在县史上难以数计。就是进入新世纪以来的十年间,也接连遭遇了两次洪涝灾害,让人谈雨色变。脆弱的生态环境成为生活在其中的人们心中的隐痛。该是敬畏自然的时候了。所以,夏天的雨仅仅是消除了一阵溽热,没能让人感到格外的怀念。唯有夏日的风荷、山地的麦收、四野弥漫的茶歌,才留下了深深的记忆。

秋雨来得及时,堪比春雨。"草色遥看近却无",是春雨的蒙太奇。在秋意尚浅的初秋,来一场"空山新雨"何尝不是赏心悦事。只是不要等到深秋,秋雨绵绵,那就是"秋风秋雨愁煞人"了。

(刊于《潇湘文化报》2013年9月16日)

屋顶上的树

行走在城市里，经常可以发现生长在屋顶上的树，无意中形成一道令人驻足的风景。

这些树虽然不多，却格外让人感觉亲切，仿佛多年的老朋友。有的刚刚种下不久，形体纤弱，但依然生机勃勃；有的已经生长多年，长成了茂密的大树。

有了这些树，房顶也成了空中花园，夏日里能够遮阴避暑；那些栖息在城里的小鸟，也能在绿荫里安营扎寨，纷纷筑起爱巢。

从我办公室往窗外看去，不远处的一座小楼顶上，热爱生活的主人就栽种了两棵树，一棵樱桃，一棵杏树；还种了一些蔬菜，几乎把整个屋顶都利用上了。

每年春天，樱桃花率先登场，开得一片热闹。花香沁人心脾，惹得蜂迷蝶狂，有时竟然昏头昏脑飞进了窗内。樱桃花开得早，花期十分短暂，只消几天工夫就落英缤纷了。不久，嫩枝上渐渐地结出了小小的青果，一些馋嘴的小鸟开始顽皮地啄食青涩的果子，等不及樱桃红了。

樱桃花过后，杏子渐渐青中透黄，在夏蝉的聒噪声中成熟了。主人还来不及收获，就被鸟儿啄食得所剩无几。日子过得宁静安详，但没有持续多久，天气预报说雷雨大风的天气要来了。我曾经看到房顶上的两棵树就像风浪中的两叶小舟，颠簸挣扎，最终满身伤痕地幸存下来。

窗外发生的故事，被我记在心里，不知不觉间，对房顶上的两棵树产生了无限的敬意。是啊，对这些站在高处的树来说，它们的根系只能沿着薄薄的土层匍匐延伸，才能抓紧地皮；它们必须放低身段，谦虚做"人"，一边享受阳光雨露，一边还要做好抵抗风雨的准备。我常常在想，树的内心一定很孤单寂寞，因为它们的根系已经背离乡土，无法深扎进肥沃的土地。繁华都市里，它们和我一样，都是远离故土的游子。

庆幸与树为邻。在这座既十分熟悉又有些陌生的城市里，我之所以能乐观坚韧地生活着，就是向一棵树学习：无论贫瘠、坎坷，无论顺境逆境，绝不轻言苦累，而要默默地把内心的根，顽强地抵达灵魂的深处，直至人生彼岸。

（刊于《深圳特区报》2013年7月23日、《甘肃日报》2013年8月16日、《新一代》杂志，凤凰网、人民网、特网、天津网等转载）

瓦房店记

陕西紫阳县城西南十里，溯任河而上，如果看到河岸一座七级白塔，就到了瓦房店。七百里任河一路逶迤而来，邂逅渚河于镇西。古来两水交汇皆为市井。瓦房店独得地利，自从西北五省六馆十七家商会落户以来，名声大噪州县。本县特产茶叶、桐油、土漆、黄麻、白丝，源源不断地聚散此地，上接巴蜀，下通荆湘，行销全国。据县志载，瓦房店曾被誉为"小汉口"。

街道顺地势一字排开，两边房屋多为木石结构，屋顶覆盖石板。大户人家讲究青砖砌墙，泥瓦盖顶。虽谈不上钟鸣鼎食，倒也雕梁画栋、亭台楼阁，自有豪华景象。房屋高高低低错落有致，尤其是临河吊脚楼，在贾平凹《紫阳城记》中被形容为"风中鸟巢"，极富江南韵味。

古镇依山傍水，镇北即茶山。千亩茶园漫山遍野，氤氲着山水的灵气，自古以来就是贡茶的产地。各会馆散落于山梁，簇拥着泰山庙，山上山下有小巷与镇街相通。唯有武昌馆伴在山下瓦房沟旁。每到金秋，会馆里数十棵丹桂，熏得满镇飘香。真是三秋桂子，十里荷花。

瓦房沟里的清溪，汇入任河形成镇东渡口，天南地北的商船就在这里云集。脚夫们忙忙碌碌地装卸货物，各色水手泊好船只，三三两两上岸去休憩。

渡口到街头，一共十八只石磨盘叠成阶梯。水手们摇晃着身影走过湿漉漉的石阶，上得青石板街面，便大声嚷嚷着进了各家酒肆，要酒要菜暂求一醉。小镇习俗，天麻麻亮，家家户户就开始挑了水桶到河里打水，接着就有卖小吃、卖菜的，拉长嗓子在巷子里叫卖。至于"小楼一夜听春雨，深巷明朝卖杏花"，则是春天的雅事了。

孩提时印象最深的小吃就是米浆馍，白、软、甜、香，老少皆宜。卖米浆馍的老板脾气好，很受孩童喜爱。调皮的孩子曾为之作歌谣云：

浆馍，米浆馍，

里面包了老鼠药，

吃了跑不脱。

虽然只是逗他玩，难登大雅之堂，但用本地话唱出来却还押韵。

小孩子们唱完一哄而散。他也不恼，后来竟也学会了这歌谣，间杂在叫卖声中吟唱，从街头到街尾。累了就在街头皂荚树下小憩，仰脸看看树上悬挂的小刀似的荚果。间或有熟掉了的，就捡了捣烂浣衣。皂荚树分雌雄，雌树挂果，雄树不挂果却长得分外挺拔，浓荫匝地，方圆数丈。雌树枝条下垂，几到河面。常常有水手顺流折些枝条，灵巧地编成小冠，扮演戏文里的张飞呢。

水手们往来任河上下，学得一身"浪里白条"的本事，性情也极为豪爽。七百里河道水流湍急处十之八九，这些苦人儿过着简单而快乐的生活。他们冲波斩浪逆流而上，要把一船船山货送到川蜀途中，往往还要充当纤夫角色，在湍陡浪高的地方，佝偻了身子，拽着纤绳，攀爬在古栈道上。年去岁来。相偎相依的只有那船。

每每到了月白风清的夏夜，这些多情的水手泊船在河滩边，必定要唱起那只缠绵的《南山竹子》。歌声嘶哑中杂糅了无尽的温柔，飘浮在静静的夜空里，传到了临河的吊脚楼上。每当此时，必定会有一扇窗棂打开，有一个女子在灯火阑珊中幽怨地和着山歌——

郎在对门唱山歌，

姐在房中织绫罗。

你这短命死的、发瘟死的、挨刀死的，唱得个好哇，

唱得奴家脚趴手软，手软脚趴

踩不动云板，丢不得梭……

一时间，月亮底下这个悠然入梦的古镇，也在歌声里朦胧起来了。年年岁岁朝朝暮暮，流传着许多关于水手和女人的凄恻故事。比如，有财主的女人随了水手私奔，结果被抓回来沉河，那水手则被刺瞎了双眼沦落为乞丐。古镇上的人们还在茶余饭后常提起那水手如何可惜，因为爱上了不该爱的女人，一个英俊健壮的年轻人就这样给毁了。但一阵唏嘘之后，人们就谈起腊月的汉戏和正月的社火了。

有钱莫赶腊月场。年关下的腊月是瓦房店商业活动最鼎盛时期。从早到晚，四面八方赶来的商贾山民把小镇挤得水泄不通。山民们除了买卖年货外，还可以欣赏到流浪江湖艺人的杂技表演，往往乐而忘归，直到薄暮时分，才惦记着妻儿的牵挂和嗔怪匆匆踏上归程。家中的孩子在期盼中，早早地筹划着过年的新衣服和长辈们该给的压岁钱，至于一顿丰盛而别具意义的年夜饭还不算太重要。那年月最要紧的是穿一身新衣服，和

大人一块儿去看社火和听汉戏。

　　白昼里社火闹得正欢，踩高跷的，舞狮子的，一群乐师有节奏地敲着昂扬的鼓点，把一河两岸的人们都吸引了过来。那高跷队的扮了一出出热闹戏文，弄乖作怪逗得众人开怀大笑。尤其是演《西游记》的，把唐僧的虔诚、八戒的贪婪、行者的精明、沙和尚的老实演得硬是活灵活现。仔细辨认演员，原来是卖豆腐的张三、撑船的李四、开杂货铺的王五等。各色人等都变换了世俗角色，沉醉到戏里去了。

　　夜晚，汉戏粉墨登场。武昌馆的戏台上，三五步走遍天下，六七人百万雄兵。那唱包公的声调铿锵，唱梁山伯和祝英台的，如泣如诉。只见戏台下，喜的时候不觉忘情叫好，错拍了旁人的肩头报以歉意一笑；悲的时候唏嘘不已泪流满面，却牵起孩子的衣袖来抹眼泪。如果笑声此起彼伏，那一定是在上演诙谐的《嫁嫂》了。

　　腊月、正月是一年之中的精华，家家户户的亲朋好友相聚在一起痛痛快快地喝上一壶老酒，品尝着象征蒸蒸日上的蒸盆子。欢声笑语在爆竹声声中散落在青山绿水间，一直飘下来，落在了梦里。

　　瓦房店在经历了数百年沧桑之后，于20世纪80年代完成了历史使命，下游水库蓄水使奔腾的任河变成一泓烟波浩渺的湖。瓦房店，这个百年老镇静静地沉没在碧波之下。眷恋不舍的人们只得上山重建家园，在一片斜阳短草里，扎下了他们的根。日本作家三岛由纪夫在《金阁寺》中写道："梦中的金阁寺终在现实的金阁寺之上。"我亦有同感。

（刊于《人民日报》2014年6月11日副刊）

青青端午露

蒲草长，艾叶香，端午花开节节高，又是一年端午节。秦巴汉水间，鸟声不断变换。斑鸠的叫声刚落一会儿，豌豆苞谷鸟又马上开场，"豌豆——苞谷——"叫得格外清脆，此时苞谷正在拔节。陕南人家过端午节，简单而独具特色。除去赛龙舟、吃粽子、挂艾草之外，最讲究吃蒜煮鸡蛋和打露水。

作家汪曾祺曾经饶有趣味地写过《端午的鸭蛋》，一生对故乡高邮的鸭蛋念念不忘。陕南虽然溪谷纵横，却不产鸭，只出土鸡，过端午节自然只有吃鸡蛋了。用鲜鸡蛋和新蒜同煮，据说吃了能败百毒。大蒜本来辛辣，煮熟后莹白透亮，吃起来颇有滋味。

打露水是当地过端午节的一项重要仪式。通常在端午这一天早晨，吃过粽子、鸡蛋之后，全家老小一起到野外踏青。只见山路上、田野间、林地里到处都是打露水的人。万物葱茏中，露珠闪闪烁烁，荷叶上露珠清圆，草尖上晶莹剔透。人们纷纷挽袖露腿，用露水擦拭肌肤。有人开怀长啸，欢乐之情溢于言表；有人唱起山歌号子，全身心融入大自然里。直到太阳升高，朝露渐晞，人们才采集一些药草，浑身湿漉漉地回家。

据说端午露有强身健体、祛病败毒的功效。记得外婆在世的时候，每年用端午露洗眼睛，治疗因为常年烟熏火燎导致的眼病。当年我小心翼翼地把一滴绿叶上的清露滴入她的眼中，外婆幸福地笑了。因为小小的露珠里面，蕴藏了我的一片真心啊。

（刊于《今日大同》2015年6月24日）

无 花 果

屋檐上，雨水串成了珠帘。池塘晕出一圈圈涟漪，旁边的无花果撑着一团青气，雨珠顺着叶片下滑，在叶缘稍作停顿，"噗"的一个亮弧，潜入土里寻不着了。

院子里有些狼藉，几处墙壁有书家的"屋漏痕"。墙角一堆黄泥，被暴风雨刮下碎瓦露出冷青色锋棱。几片无花果叶漂浮在池中做了蚁舟。

无花果树就栽在深深庭院的角落里，几块顽石围垒成小小花坛，就成了无花果和其他不知名字的花草的乐园。在这四合院里，能享受的有一缕清风、一束阳光、一方夜空的繁星。夜晚有时能瞧见北斗柄上的大星，至于黑瓦屋顶外笼在云雾中的青山，无论如何都看不见了。

在这个小小的庭院里，不就是老子所推崇的小国寡民思想的体现吗？虽然没有姹紫嫣红，倒也自成藩篱。俯身可以和青草丛里的青蛙隐士闲谈禅机，浓荫匝地方圆数尺，蟋蟀吟于下，蝴蝶翔于上，仰观蓝天白云，别有一番情趣。

不经意间到了繁秋。无花果树在叶柄间簇生一串串紫红肉果，剖开品尝，果肉甘饴，药香袭人，据说果实可以入药，大补。

我默想着，脑海中蓦然幻化出一群人来。这些人无声无息地努力工作，隐身在茫茫人海中不为外界所识，只有在品味无花果的美味时才会被想起。

怀念无花果！

野叫叫儿

每年暮春时节,青豌豆角就陆续上市了。甜嫩的豆角用来清炒,别有一番滋味。即使生吃,也是清香满口的。更有趣的是,挎着竹篮,一溜小跑,到一片云似的豌豆地里动手采摘。繁密的豆角丛里,豆蔓一边开着白紫色的花,一边结着玲珑的青翠豆角,让人特别喜欢。孩子们一边摘一边把脆生生的豆荚扔进嘴里,直嚷着好鲜,不多久竹篮就满了。在归途中,孩童们往往吹奏起野叫叫儿来了,呜呜——呜呜——声音忽高忽低,回响在山野间。在乡下,没有吹过野叫叫儿的孩子恐怕没有几个吧。

我们把哨子叫作"叫叫儿"。野叫叫儿得名于山地里生长的一种像豌豆苗似的植物,叫野豌豆。它蔓生,羽状复叶,花开时也极像豌豆花,姹紫、粉白,但是花朵都极小,在路旁荒地间一大片地蔓延开去,到了暮春也一样结出小小的豆角。孩子们摘下结实饱满的野豆荚,剖开,抠出绿圆的小豆粒;将豆荚一端轻轻地掐断,把另一端噙在嘴中用力吹奏,便呜呜作响了。一只野叫叫儿也就做成了。也有机灵的孩子在吹奏时以手掌一捂一放,便变化出呜哇呜哇宛如儿啼的声音,十分有趣。剖开豆荚收集的豆粒,放入用细竹削成的竹管中用力吹出,能激射出十几米远。孩子们就用作武器,在田地间玩打仗游戏了。于是,在暮春的黄昏,乡间常常荡漾着孩子们的欢笑与野叫叫儿的交响,一种乡村独具的天籁之音。

野叫叫儿这种叫法,顾名思义,透出一种直达本质的质朴劲儿,虽然不像叶笛可以吹奏出各种音色,也没有用杨树的嫩枝条做出的树皮哨子的哨音嘹亮。但是,在乡间村头的古树下、溪桥上、田野里,野叫叫儿飞扬出的欢乐的呜呜声响,总是一种让游子怦然心动的野唱。

多少年来,徜徉在城市里,耳畔常常回响野叫叫儿的声音,总想弄明白它究竟是一种怎样的植物。终于有一天,我弄清了它的身世,竟是赫赫有名的薇菜。我们从前所游戏和亲近的野生植物,竟是生长在《诗经》中的古老的"薇"。《小雅·采薇》里的歌谣唱道:"采薇采薇,薇亦作止。曰归曰归,岁也莫止……"借征夫思归不得,反复咏叹征战之苦和反战情绪。薇虽然作为托物起兴的一种植物,"作止""柔止""刚止",但是在《诗经》中完整地记载了其生长过程,因此得以不朽。这是一种有旺盛生命力的、平凡的、古老的植物。

薇,也叫巢菜。《辞源》里说其叶嫩时可食,可惜我们很少尝过。偶然尝试,也仅仅是浅尝辄止,我们被惯坏的肠胃未必能接受它。采薇的人里有殷商末的伯夷、叔齐,在南山采薇,饿死不食周粟;有春秋时期的介子推,为了避晋文公重耳,躲到首阳山,采薇而食。这又是一种与气节、节操相关联的植物。"采薇"最终成为归隐的代称,也就充分证明了薇是一种充满人文气息的植物。而现在,其式微成了乡间孩子们的野叫叫儿,也算略偿思古之幽情了。

"向晚意不适，驱车登古原"，总想听到那呜哇呜哇的野叫叫儿声，无论其音单调还是婉转，只要它继续在乡间回响，乡愁都会得到慰藉。

（刊于《扬子晚报》2017年3月24日）

焕古渡

一缕茶香，穿越了千年，依然芬芳弥漫；一条汉江，流过了千年，依然江流婉转。焕古渡，就在悠悠时光中，不知不觉停驻了千年。

在焕古渡的时光中，茶一直是穿越时空的一种媒介。汉江如是，斜阳青山古渡亦如是。在焕古渡，注定有一段征帆去棹皆为茶忙、车水马龙皆为茶兴的历史。焕古茶，也因为天生丽质，身价腾跃，备受赞赏。

我从汉江顺流而下，只为了邂逅这个渡口，其时灯火阑珊。我是循着几盏渔火登上了渡口的青石板，沿着平平仄仄的小巷，在一个茶肆里停留，啜饮了一杯茶后，才把一颗心安顿了下来。

清晨醒来，打开窗棂的一瞬间，我仿佛从"春江花月夜"，一步走进了"清明上河图"。小镇人户不多，街面不宽却十分整洁。黑瓦白墙的民居，高高低低错落有致。仔细寻觅，才发现昨晚走过的青石板从街面一直铺到了屋顶上，像鱼鳞一样泛着幽幽的蓝光。从石板层叠的缝隙里，逸出袅袅炊烟，真是太有趣了。这是一个由渡口发展而成的小镇，真是小巧玲珑。远山抛出一根长长的抛物线，层次分明地簇拥着一泓碧水。

焕古渡，在焕古滩上，以茶叶知名，又名乌鸦渡，一名葡萄渡。沿溯千年的时光去上游追寻根底，是从前的商旅因为触景生情，"月明星稀，乌鹊南飞"取了乌鸦渡这个名字，还是外来客商第一次将远在万里之遥的西域葡萄运到了这个渡口，引起了轰动而以葡萄为渡口之名，已无从考证。只流传着这个小小的渡口和"凿空西域"的联系，还在于当代的一次考古发掘。在渡口附近的辣子园发现的波斯纯银带钩上面刻画的胡旋舞，更是令人产生无限遐想。但无论是乌鸦渡还是葡萄渡，因为时间太久远都没有流传下来，时间记住的只是焕古渡这个名字。是因为茶吗？明清时期，每到茶季，就男废耕、女废织，全部投入茶叶的采摘、制作中去。焕古渡的商业活动到了旺季，紫邑宦镇茶随着南北客商，上行巴蜀，下至荆襄，走遍全国了。

焕古茶之所以出名，请听这一个个珠玑般的名字：雨前毛尖、惊蛰蔓芽、春分雀舌……每一个都如诗如画。焕古滩的茶色既艳，茶味亦美，盖因焕古滩附近小规模种植与经营，所采摘嫩叶，用花梨木柴炒过，用手揉搓，在室内晾干，不见阳光而成。焕古茶因此色艳味香。

焕古——唤姑——宦姑，时光流转，口口相传，追本溯源，我们就会发现很多谜团。民间传说有两个版本：一个版本是，一位官宦人家的小姐在此渡江，不料因滩险浪高船翻落水而亡，人们为了纪念她，把此地称作宦姑滩；另一个版本是，民间女子刘冬香为救受冤的父亲，乘船东流而下，再也没有回来，人们在此处呼唤，又把此地称作唤姑滩。我比较认同第二种传说。因为民间有把未出嫁的小女儿叫作幺姑子的说法，比如紫阳民歌《幺姑子十八春》。据说刘冬香还带着当地所产的茶叶，于是紫邑宦镇茶，就从此流传天下了。一剪春风，吹拂在云蒸霞蔚的茶香里。一泓春水，荡漾在波光潋滟的茶汤里。

因此在焕古渡口，难怪有人说，焕古茶是迷魂汤哩。

立夏鸟鸣幽

离开喧嚣的城里,我来到山中立即就被鸟声包围了。

从白天到黑夜,清晨或者黄昏,千百种鸟儿一起放开歌喉,向即将到来的夏天展示全部热情与期待。身处青山绿水间,处处闻到鸟鸣声声,让人十分陶醉。我住下来,一时竟舍不得离开。

夜里,也似乎听闻一种奇异的呼唤声,喔儿——喔儿——一声比一声哀婉缠绵。曾听人说起,见过这种鸟的人似乎很少,据说它浑身漆黑,娇小玲珑,没想到叫声如此神秘。

我就这样迷迷糊糊睡了一夜,黎明时分被鸟儿吵醒了。嘈嘈切切仿佛就在窗外。推开窗让鸟声飘进来,外面早已经形成了鸟的大合唱,高一声,低一声,婉转的,高亢的,既是嘈嘈切切,也是大珠小珠落玉盘。山涧里,树林中,鸟儿们颉颃翻飞,往来翕忽,大多很难看清踪迹。

我走出去,到山谷中寻找它们的踪迹。只见高高的椿树间,一只身形巨大的红嘴蓝鹊,拖曳着长尾从树顶落下,喳喳地叫着,呼朋引伴;笃笃笃,林间传来啄木鸟的敲击声,"坎坎伐檀兮",仿佛伐木的声响;不一会儿,又传来一阵行云流水的鸟鸣,这是画眉在歌唱;布谷鸟飞过一个又一个散落的梯田，落在冒着袅袅炊烟的石板屋顶，布谷——布谷——提醒农人栽秧的季节到了；而斑鸠却隐藏在山头上，咕咕——咕咕——不知疲倦地唱和，叫得山山相应；一直到傍晚，竹林里传来竹鸡的大叫，要下雨，要下雨……不一会儿，果然有一朵浓云飘来，天色渐渐暗了，远处传来隐约的雷声。

立夏前后，犁田打坝。农人在布谷鸟的叫声中，吆着牛入了田地。当锐利的犁铧犁开肥厚的土地，绽放一层层泥花，农人便在泡软的水田作画。水田像一面面镜子，倒映着云天。

正午时分，太阳从山冈后冉冉升到头顶，射出炽热的光芒。一到立夏，太阳就一改往日的温柔脾性，增添了男子汉的阳刚之气，明亮刺眼，充满热度和力量。

我信步在山中流连。茶事刚刚结束的农人还没有歇息下来，春蚕已出眠。小蚕蠕动，桑叶正沃，绿油油得发亮，又到采桑的季节了。山涧的苦艾一丛丛，"救命粮"（一种植物）正开着白花，越发衬托出山谷的翠色逼人。"却顾所来径，苍苍横翠微"，说得真不错。满眼都是浓绿的树林，就是悬崖上的小树，只要根上有薄薄的泥土，也照样顽强挺立，生机盎然。树下的山泉，无声地爱惜着溪流，流入稻田，插了秧苗的田里像起了一层绿烟。

鸟声一天到晚没有停歇的时候，当然不觉得烦，像清风流水一样，无处不在，越发衬托出山中的宁静。立夏三把黄。桃红柳绿间，油菜籽黄了，枇杷黄了，杏子黄了。忽然山外雷声隐隐，不一会儿，电闪雷鸣，淅淅沥沥地下起雨来了。闪电像一把犀利的长刃，划过漆黑的夜空。这一夜要伴着雨声入眠了，真是"好雨知时节"啊。

再过不久，蝉声也该起了，到时候再来山中，除了鸟声依旧，立夏已经过去了。

野 画 眉

　　山中集市叫作场，往往有约定俗成的日期，或一四七日，或二五八日，或三六九日，人烟密集的集市就逢单日或双日。四邻八乡的山民掐着赶集的日子，做点小买卖顺带办点事，逢场就赶场。农村里都通了水泥路，进出有出租车、摩托车等，捎带各家的土特产去卖，颇受欢迎。城镇里的居民往往羡慕乡下人有口福哩，吃的都是绿色食品。土鸡、土鸡蛋到底比良种肉蛋滋味正宗。赶场的山民平添了几分自信和闲适，挑上自家的菜蔬，背上一背篓洋芋，逮几只土鸡，扛十几把高粱扫帚，就可以做一次买卖，赚点小钱，有点重在参与的味道；也有挑着野味来卖的，多是用陷坑、电击捕获的野猪等；也有毛色斑斓的锦鸡；运气好的话，也有卖画眉的，活的，装在鸟笼里不安地跳来撞去，多是乡下的野画眉。

　　乡下的画眉有两种。一种体形稍大，不善鸣叫，眉目不十分清秀，所以被称为土画眉，有点贬义。乡下人是不大捕获这种鸟的，就是捕获了，也大多放生。所以，经常会在树林里见到它们的身影，成群结队的，欢乐异常。它扑棱棱地飞到高高的电线杆上，并不惧怕靠近的人，很常见。

　　另外一种就是画眉鸟。体型娇小玲珑，眉长如画，叫声婉转动听，十分逗人喜爱。城里人往往扼杀它的天性，养在精致的鸟笼里宠爱着。这年头，城里闲人多，女人好养猫养狗，男人好养鸟种花。公园里、广场上遛鸟遛狗的人多的是。遛狗的多是一人一狗，遛鸟的可就三五成群，一人一只或两只鸟笼，发烧友则在两只以上。所以，遛鸟的队伍庞大，蔚为壮观，占据了所有的树林。鸟的叫声千差万别，各不相同。鸟儿们互相学习互相卖弄，如鸣春涧，赏鸟的就仿佛置身在林泉之下，暂时远离了城市的喧嚣，得一日之闲。有一老翁，把一只画眉鸟养了九年了，朝夕相处，形影不离。

有时候我就想，土画眉鸟和画眉鸟相比到底谁更幸福呢？一个锦衣玉食却失去了宝贵的自由；一个独享自由却要辛苦觅食，栉风沐雨。其中甘苦自知，正如嵇康《与山巨源绝交书》以麋鹿自况："虽饰以金镳，飨以嘉肴，愈思长林而志在丰草也。"

相比之下，我更喜欢野画眉。

聆听斑鸠

农谚里戏称斑鸠"刺杌里的斑鸠,不知春秋",颇有几分揶揄成分。大约一年四季都可闻斑鸠的鸣叫,咕咕咕,咕咕咕,四野弥漫。然而这正是斑鸠的可贵之处。试想,哪一种候鸟不是冬去春来,在某一季节突然消失,又在某一个季节突然出现?

每日清晨,聆听一只斑鸠用浑厚的嗓音收割着宁静,山上的小城从梦境中醒来,睡眼惺忪。云雾半遮半掩地包裹了小城,透出几分妩媚。斑鸠声穿城而过,一阵阵潮水般袭来,让人心头一热,一番回味过后又陡增几分惆怅。再眺望四围山色一江水流,征帆去棹络绎不绝,于是恍然如梦了。

斑鸠不知在哪个山头叫唤。山是佛头青,几片云、一阵雨,云雾缥缈的,那叫声也就缥缈了。杜鹃声里雨如烟,其实斑鸠在雨前雨后,也叫声缠绵,和杜鹃叫声相杂。虽然斑鸠太过平凡,但仍有不少文人墨客把斑鸠写在诗文里,只不过是以"鹁鸪"(斑鸠的别名)入诗而已。如北宋诗人梅尧臣有诗"江田插秧鹁鸪雨,丝网得鱼云母鳞",南宋诗人陆游也有诗"竹鸡群号似知雨,鹁鸪相唤还疑晴"等。另外,辛弃疾在郁孤台写道:"江晚正愁余,山深闻鹧鸪。"我们这里没有鹧鸪,但是每当黄昏时分,青山隐隐,斑鸠声声,不知怎的,我总会想起这句诗词来。

我们的山歌野调里,也常常会提到斑鸠。请听,"三个斑鸠嘛飞过湾,两个成双嘛一个单。"这是一首相思的民歌,倾诉了难以名状的相思之苦。每当单身汉子幽幽地唱道"白天容易嘛晚上难"时,这种倾诉简直要催人泪下了啊。

就我看来,斑鸠更像是山中隐者,是滚滚红尘里的匆匆过客。它偶尔在城中稀少的绿荫里驻足,如同惊鸿一瞥。即使在高楼的瓦顶上踟蹰时也保持高度警惕,和人群若即若离。它飞过重重叠叠的屋顶,掠过密如蜂房的窗户,在高飞中无比快意。我不知道它对茫茫人群,是否心存一点戒备。咕咕咕,咕咕咕,雨前的斑鸠急促地叫着。这叫声同晴空里浑厚结实的叫声显然不同,那时山山相应,如演奏一部规模宏大的交响乐。

斑鸠声弥漫了山城上空,如潮水一样从四方向城中袭来,摄人心魄。这声音高高越过市井喧嚣,如阳光洒遍森林,清风拂过头顶,一瞬间让人迷醉。这天籁之声犹如投入心湖的一粒粒石子,荡漾开一圈圈涟漪,余音袅袅使壅塞的心房遁世空灵。山上烟云变化,山下白露横江,而斑鸠却如剑术高超的侠客,来无影去无踪。

说来我们这里与斑鸠颇有缘分。当地深山中有一座关隘为斑鸠关,其险要处生长出一个石斑鸠窝,里面藏有石斑鸠一对,被当地百姓奉为神灵。传说因为感念百姓穷苦无依,斑鸠于是在夜里啄出食盐,百姓因此获利。后来有奸人欲谋为己有,石斑鸠就振翅飞走,徒留空空的斑鸠窝。关上常有斑鸠成对地鸣叫,咕咕——咕咕——说不清是述说石斑鸠的故事,还是在嘲笑世道人心。

正当我在窗下怀念斑鸠时,一对斑鸠竟翩然而至落在窗前绿荫里,灰褐色的尾羽忽隐忽现,两只小脑袋十分机警顽皮,悄无声息地秀着恩爱。周杰伦的那首《印第安老斑鸠》从儿子的房间里传来:"印第安老斑鸠平常话不多／除非是乌鸦抢了它的窝／它在灌木丛旁邂逅／一只令它心仪的母斑鸠……"

我再回头时,那对斑鸠已经不见了。

(刊于《安康文学》2018年夏季刊)

春日短章

斑　鸠

春二三月，行走巴山谷地，常常耳闻天籁般的鸟鸣。咕——咕——，咕——咕——，声长声短、声高声低，低沉浑厚如山中汉子歌唱。这是斑鸠。那一声声欢唱，如潮水漫过山谷，漫过山冈。唱绿了山坡，唱涨了春水。

它们成群结队地栖息在渐渐泛绿的树林中。在汪洋恣肆的油菜花海里，在清香四溢的满坡茶园里，它们相聚嬉戏，传情达意，趁着大好春光，轰轰烈烈恋爱一场。

它们从清晨开始啼叫，一直到暮色苍茫。如是阴天，它们就隐在缥缈的云雾间，叫声格外地响亮。春风里满是浓浓的水汽，一场好雨就要翻山越岭抵达。

从春分一直叫到清明，当春风似剪，河边的柳树也碧玉妆成，它们把采茶人纷纷催上茶山。人勤春来早啊！摘一把茶叶就采一把春光，唱一曲山歌就胸怀欢畅。山山岭岭，沟沟壑壑，到处是茶香，到处是山歌号子。林密处，只闻歌声不见人；山高处，采茶人在彩云间。

咕——咕——，咕——咕——，一群灰色斑鸠飞过淡蓝天空。那一声声欢唱,荡气回肠,空谷传响。

白　鸟

有人说你是汉水的精灵幻化的,不是吗?你徜徉在这片青山绿水间,日出而飞,日落而栖。

无论是沙洲芳草萋萋,还是小溪流水潺潺,处处能见到你洁白的身影似雪,听到你悠远的鸣唱如歌。

你无愧于汉水美丽的象征。三千里汉水浩渺无边,你颀长的羽翼点染晶莹的汗珠,幻化成五彩;你灵动的黑眸深情地注视丰腴的大地,内心升腾起无限的眷恋。

你在飘荡着浣衣少女缠绵的情歌、响彻汉江船夫激情号子的汉水上空翱翔,是因为你深爱这热土,才为她的美丽而欢畅,为她的苦难而倾诉衷肠吧。

你在晴空下、雨雾中,横水疾飞。岩上有你温暖的巢。你啜饮过甘甜的清露,用来滋润焦渴的心房。

如今我漫步在百舸争流的江边,看你如期莅临,俨然是汉水守护神,在广袤的天地间,遥遥与你心有灵犀。

探幽魔王沟

我第一次到陕西紫阳县魔王沟，是冲着那道瀑布去的。几年前摄影展上的一幅作品，让我久久难忘。画面中一道飞瀑从天而降，占据了几乎二分之一的画幅，左下角一个小小的撑着红伞的美丽身影，越发衬托出瀑布的高大壮丽。透过画面，我仿佛可以听到巨大的轰鸣声，从此魔王沟瀑布就开始让我魂牵梦绕了。

我们选择在春雨初霁的一天向魔王沟进发。坐车沿汉江朝着焕古镇方向北行五公里，隔江相望，就是魔王沟所在地城关镇和平村。正是春和景明时节，乘船渡江，山光水色让人心旷神怡。

一进入魔王沟，我们立刻就被这个青翠迷人的山谷吸引了。只见一道清亮的小溪，沿着地势蜿蜒奔流，指引着前进方向。溪流中不时能见到蝌蚪，仿佛白石老先生的名画《蛙声十里出清泉》里实景的再现。两边的山坡上到处是茶园，溪边、林间、悬崖上到处是茶树。谷雨前后是茶事活动的重要季节，家家户户都忙着采春茶。这里是紫阳和平茶的种植基地。

缘溪行两公里，溪流声越来越响，提醒着我们离瀑布越来越近了。转过一道弯，一面巨大的悬崖突然映入眼帘。远远望去，瀑布像一条白练挂于半空。一阵微风吹过，那白练被吹得如烟如雾。我们来得不巧，正是水量小的时候。朋友介绍说，溪水发源于凤凰山佛爷寨鹿池垭，断崖的垂直高度约为84米，常水季节宽10米，夏季盛水时节达20~30米，洪水时可达50米呢。在离崖顶约5米处，有一个宽约1.5米的台阶。台阶上有一个直径约1米的石臼。急促的水柱与石臼接触，迅即腾空而起，犹如一眼喷泉，把千万颗翡翠抛上天际，再化作团团雪浪坠向谷底。由于溪水到达崖边之前，隐没在峰峦之中，别处不见源流，人们便误以为水自崖中出，故此唤作"飘水洞"。

此时的瀑布，犹如朱自清在《白水漈》里所写："这也是个瀑布；但是太薄了，又太细了。有时闪着些须（许）的白光；等你定睛看去，却又没有——只剩一片飞烟而已。从前有所谓'雾縠'，大概就是这样了。所以如此，全由于岩石中间突然空了一段；水到那里，无可凭依，凌虚飞下，便扯得又薄又细了。当那空处，最是奇迹。白光嬗为飞烟，已是影子；有时却连影子也不见。有时微风过来，用纤手挽着那影子，它便袅袅的成了一个软弧；但她的手才松，它又像橡皮带儿似的，立刻伏伏贴贴的缩回来了……"

瀑布下方的潭水清凉纯净，水底静卧的沙石，历历可见。要是在丰水季节里会有怎样的一番景象呢？前人曾有精彩的记载：游人自汉江边溯流至此，只见银白色的飞浪扑面而来，雷鸣般的轰响震耳欲聋。抬头仰望，好像玉碎雪崩，令人心惊，又如滔滔巨浪从天际落下，使人头晕目眩。瀑浪呼啸着由高空坠下，与横卧崖底的大石相撞，雪末四溅，产生强烈的冷风和浓密的雨雾，溪边的小草也被迫侧身而立。在风力推动下，雾气向周围飞蹿,或循谷地扩散,或一直向上升腾,变成稀薄的云雾。晴天到此观赏,会看到崖底的水面上,绿中带红的火焰,似乎正在熊熊燃烧,随风摇曳;半崖上,一弧七色彩虹鲜艳夺目,两端一直环绕到目击者的身边,使人仿佛置身彩云间。

又一次寻隐者不遇!看来,要目睹魔王沟瀑布的胜景,只有另觅时机了。

(刊于《精神文明报》2016年4月30日)

月池沟三叠泉

任河岸边,和瓦房店隔河相望有一座险峻山峰,终年云雾缥缈,隐藏着一条幽美的山沟——月池沟。

沟的上游是一条小溪,溪水非常清澈,取了一个美丽的名字叫月溪。溪的两岸都是气势沉雄的青山,"横看成岭侧成峰,远近高低各不同"。两座山岭如同向前伸展的长臂,围护着一个宁静的山村。到了双拳的位置,就突兀着一座险峻的山峰,雄狮一样蹲踞着,俯视滔滔任河。如果仅仅是一道小溪,一条幽谷,就显得平淡无奇,而其实另有乾坤,在它平静的外表底下,藏着一颗饱经磨砺、热烈激荡的心。

溪水流经谷口,河床愈来愈狭窄。溪水就像一把利剑切割着巨大的山体,终于从半空石壁中激射而出,飞雪溅玉,然后高高跌落,轰然雷鸣。不知经过多少亿万斯年,才冲击出一个巨大的石潭。如同柳宗元在《小石潭记》中所述:"全石以为底,近岸,卷石底以出,为坻,为屿,为嵁,为岩。青树翠蔓,蒙络摇缀,参差披拂。"坐在潭边仰望,人如在壶中。万千溪水化为清泉一泓。妙在潭水满溢之后,再次跌落,化为又一深潭;泉水盘桓良久,再蜿蜒向东数十米,冲出两山壁立千仞的门户,沉沉跌入第三潭。三潭过后,水流就坦荡无碍了。

春花秋月时分，三潭映月，蔚为壮观，谓之"月池三叠泉"。

徘徊于三潭之间，静观游鱼溪石。"潭中鱼可百许头，皆若空游无所依。日光下澈，影布石上，怡然不动。俶尔远逝，往来翕忽，似与游者相乐。"此情此景，古今相通。其实人的一生何尝不是如此。人生如一道河流。少年平静如溪流，青年则激流决荡，三起三落之后，独留一道瑰玮的人生奇景，复归于大江大河。

（刊于《秦巴文旅》2019年11月20日）

和渣清香

这是一顿颇不寻常的饭。

母亲出院两个月后的一个晴午,突然对我们说:"做一顿和渣吃吧,很久没有吃过了。"和渣是一种我们最爱吃的家常菜。我们听后愕然,继而惊喜得无法形容。因为母亲的神志终于清醒了。我看见父亲背过身去抹眼泪,父亲在母亲病后憔悴了许多。但实在没有想到,一向坚强的父亲也会喜极而泣。

于是,一家人开始忙碌起来。和渣的做法极简单,就是秦巴汉水人家用黄豆和青菜做成的一道别致小菜。和渣和豆腐的区别是,豆腐要过滤掉豆渣,而和渣则不用。同时,和渣中还加上细嫩的青菜叶,所以当地人也叫"连渣闹"。我们爱其味道清淡鲜香,更爱和渣的美好寓意,三天两头要做一顿吃的。父亲从瓮中取出两三斤黄豆,用清水在瓦盆里浸泡小半天,又把许久没有用过的手推石磨找出来。母亲则用丝瓜瓤细心地清洗这些用具。明亮的阳光下,石磨光滑的手柄熠熠闪光。母亲青丝上漫过的白发亦分外刺目。

等到瓦盆里的黄豆一粒粒饱满鼓胀起来时,母亲反复将其淘洗干净。我们摇起石磨,母亲添豆。豆汁的瀑布从两扇石磨的缝隙间簌簌落下,空气中立刻弥漫了新鲜豆子的馨香。临了，母亲说："你们去摘些青菜吧，我来推磨。"家乡的石磨有两种：一种是大磨，扇叶厚重，需两人协作，用"丁"字形的磨拐，一人专司推磨，一人添磨；一种就是母亲现在使用的手摇磨，扇叶轻巧，可以一手摇磨，一手添磨。母亲珍爱这台小磨，搬家时很多东西都弃了，唯独把它一直保留着。

父亲往土灶里添了柴火，铁锅里的水沸腾起来。母亲将磨碎的豆子和豆汁不用纱布过滤直接下锅，等豆汁翻滚后，再放入切碎的青菜叶，然后煮沸，添火，减火，最后撒入少许盐、葱段，一锅和渣就在母亲的操持下煮得清香四溢。

在整个过程中，我们看着母亲忙碌着，心中无比欣慰。几个月来笼罩在每个人心头的阴霾渐渐散去。真的，一直以来我们都在为母亲的健康祈祷，希望饱经忧患的母亲重新找回自己。因为她已经迷失许久了——祖父去世时，几天几夜的操劳把母亲累倒了，但没想到亲戚之间因矛盾产生的流言，才是对母亲最大的伤害。和善的母亲为了照顾祖父默默忍受了许多委屈而被人误解。不善言辞的她又不会找人倾诉，只能像一头发怒的母狮一般捍卫自己的尊严。于是她精神崩溃了。她狂怒地责骂身边的人，已经认不出那些关爱她的人了。

白事一过，家里一片狼藉。在去医院的山路上，母亲疲惫地依靠在我的肩头沉沉睡去，犹如需要保护的孩子。山风吹乱了母亲的头发，我才发现皱纹渐渐爬上她曾光洁的额头。紧紧握住母亲的手，才觉她的手是那么粗糙。这是一双洗过多少件汗渍衣裳，烧过多少顿可口饭菜的手啊！我的眼泪唰地流下来了。

吃饭的时候，父亲还特意用石臼捣了红椒蒜泥佐餐，那真是和渣饭的绝配。父亲帮母亲盛上一碗，清清白白的和渣冒着腾腾的热气,母亲看他的目光是那样柔和。父亲从来没有这样做过,这多少让她感到意外。

"想什么呢?菜都凉了。"我回过神来,看见母亲关切地看着我。

"真香啊!"我举箸大口大口地吃菜,母亲似乎觉察出我的内心变化,但什么也没有说。曾几何时,全家人一起吃一顿清香和渣饭,这种朴素的幸福,都成了母亲的全部心愿。

(刊于《今日临海》副刊2013年3月8日)

蒸蒸日上"蒸盆子"

"蒸盆子"是陕南紫阳县的一道传统菜,蕴含蒸蒸日上的美好寓意,所以备受钟爱。当一道热气腾腾的蒸盆子端上席面,恍然间似有"气蒸云梦泽,波撼岳阳城"的意境。

和南方的"佛跳墙"相比,紫阳蒸盆子的食材并不珍贵,用料也很大众化,远离燕窝鱼翅之豪奢。土鸡、腊猪蹄、干四季豆、干洋芋果,加上鲜藕、水红萝卜、木耳等,再配上鸡蛋饺子。蛋饺的制法是将鸡蛋打入碗中搅匀后,用大铁汤勺在炉灶上烧烫,抹上猪油后放入蛋液,做成饺子皮;半熟之际,包入新鲜肉馅。

蒸盆子考验的是"蒸"功夫:食材按照干鲜顺序层层码放于盆内,再上土柴灶蒸制,将盆置于锅中央,锅中加入适量水,盖上蒸笼盖。初蒸时要用"武火",待锅边上气后改用"文火",前后历时七八个小时。蒸盆子的特点是汤清味浓、干鲜荤素巧妙搭配,群英荟萃,和谐包容。

相传楚汉相争之际,汉王刘邦率兵出汉中顺汉江而下击楚,曾兜土围城屯兵紫阳境内。当地百姓以瓦釜陶盆做器皿,采集当地食材蒸制后,犒劳汉王官兵。汉王一时兴起,随即命名为"蒸盆子",颇具"大风起兮云飞扬"的豪迈气概。传说给蒸盆子增添了一抹文化色彩,真假不必较真,但它蒸出来的是真情与真味。那些走出大山,远在天南海北的游子,只要想起蒸盆子的滋味,缕缕乡愁就会油然而生。

(刊于《新民晚报》2013年5月17日,人民网、凤凰网转载)

紫阳小吃二则

油糍夹馍

紫阳县东城门下有两条小巷,一往左,一往右。蓝莹莹的石板铺就的街面,平平仄仄高高低低,藤蔓一样生长到汉江边。街道两边多为旧时民居,厚薄不一的石墙土墙,割据为长巷短巷。屋顶大都覆盖薄石板以取代泥瓦。外地人看来颇觉新奇。我也喜爱小巷的平淡悠然,经常信步流连。

去了,总爱吃右边一家小店的油糍夹馍。饼为椒盐烧饼,油糍用米粉、黄豆粉、豆腐块和葱花调和后炸制,现炸现吃。吃时浇上秘制蒜醋辣子然后夹入饼中即成油糍夹馍。口感香辣酥脆,再热热地喝下一碗甜浆子或豆浆,既爽口又疗饥。县城卖油糍夹馍的有数十家,但滋味总觉不如此家独特。虽然地方偏僻,食者仍络绎不绝,小店就全家一起忙碌招呼客人。观其制作也无特别之处,唯其态度认真几十年如一日罢了。

因为店在城墙下,熟人都称之为东城门下油糍夹馍,不详其姓氏。其传统味道和斑驳的古城门相映成趣,常常慰藉了人们的思古幽情。

麻辣饼子

西关有一家小吃店专做麻辣饼,兼卖麻辣粉,整日顾客盈门,生意颇好。据说店主不是本地人,当年来此地租了一间极小的门面,门前置一铁皮桶炉子做饼,渐渐地有了丰厚的积蓄,盘下了店面。如今门前广场落成,昔日偏僻之处遂成繁华地面。

所做麻辣饼,以精粉和面,鲜肉为馅,佐以花椒、胡椒、精盐等调味品。做法为:先在铁炉上置一铁板,倒油少许烧红,将团好的面饼进行烙制;待饼两面焦黄,再掀开铁板,放入凹进的炉膛烘烤。约一两分钟,奇香四溢开来,师傅娴熟地用铁筷飞快夹出,此时饼已内外皆熟。过往行人无不闻香止步,食指大动矣。吃时,加上一份麻辣粉汤,稀稠兼顾。更有饕餮之徒,手拈数饼,顷刻间风卷残云,饼汤俱尽。

嗜之者如东坡云"日啖此饼两三个,不辞长做紫阳人"。紫阳地处秦巴腹地,五方杂处,膳食兼顾南北。紫阳人喜食面饼也在情理之中。曾向店主讨教做法,但事关商业机密,店主秘而不宣,只得悻悻作罢。

(刊于《秦巴文旅》2019年8月14日)

天赐佳果金钱橘

立冬前后,寒意渐渐浓烈。山城紫阳,仿佛一幅明净的山水长卷。山是翠峰簇聚,绕城而过的汉江水却浓似一泓碧绿的茶汤。不时云笼雾罩的,恰如氤氲着茶的香气。这清清亮亮的茶汤里,偏偏还泡着悠悠扬扬的茶歌,最让人心动神驰。外人常知道紫阳的茶叶、民歌名满天下,却很少知道紫阳还出产金钱橘。

在精耕细作的橘园里,橘林葱葱茏茏。正是橘黄叶绿时分,一串串果实红艳艳,金黄黄,珠圆玉润,如采橘人的张张笑颜。漫步橘林中,满目是三春的桃花般灼灼其华。笑起来,舞起来,歌声响彻起来,丰收才是最美的舞蹈。

紫阳金钱橘小巧玲珑,圆润如满月。青涩时如翡翠,成熟时似玛瑙。皮薄薄的,芳香扑鼻;肉嫩嫩的,酸甜可口。可谓金玉其外,甜美其中。轻轻剥开一瞧,如打开一只宝盒,一瓣瓣橘瓤可爱晶莹,咬上一口,啜饮中仿佛有初恋的滋味。"香雾噀人惊半破,清泉流齿怯初尝。"古人说得真好。

虽说是山城,却胜似江南水乡。从大巴山冲决而出的任河在这里汇入烟波浩渺的汉江,形成了鸳鸯水的奇观。清晨,白露横江一片苍茫。江风里的一只只机船,在碧波荡漾中一路欢歌，满载一筐筐色彩斑斓的金钱橘，是初冬最动人的色彩。一枚枚鲜灵灵的带着绿叶的果实就是一颗颗跳动的心意哟，谁都会赞美这肥美的土壤，清澈的泉水滋养出来的恩物！

邻里乡亲，互送上一捧金钱橘，投桃报李之间，关系更加融洽了；少男少女们，一边剥食着滋润唇齿，一边说起悄悄的情话，船儿轻轻摇，桨声欸乃；耄耋的老人在院坝晒太阳，健壮的农夫在田间劳作，他们身边都弥漫着橘子的香味。

这香味还一直飘散在冬日里。寻常人家在冬季节里进补，羊肉炖萝卜最好，当地人少不了加点陈皮，滋味特别鲜美。这样说来，紫阳金钱橘算得上一种令人难忘的佳果吧！

（刊于《秦巴文旅》2019年10月30日）

怀念林本河

林本河是紫阳县北的一条小河。

《县志》记载：林本河，源于凤凰山南坡，上段支流有牛溪河、廖家河、闹河、安家河等，下游名沙坪河，流入汉江。沿岸地势开阔平缓，为县水稻、蚕茧集中产区。

凤凰山是秦岭南部支脉。所以，林本河就像秦岭巨大身躯里的一根毛细血管。它无名无姓，犹如茫茫人海中的一个普通身影。

然而，对于一个在林本河生活了十多年的人，一个把火热的青春都奉献给林本河的人而言，是饱含深厚感情的。在离开它之后，我时常怀念林本河，像怀念一位熟悉的朋友。

林本河，一条水草并不丰美的河。

它蜿蜒流淌在凤凰山的谷地里。因为地势南高北低，所以它固执地一路向北，与久负盛名的汉江汇合。汉江南下邂逅县城，然后拐角东去，奔向长江，直指大海。它启示我们不能轻视任何一条河流，哪怕是一眼清泉，一道小溪，皆因为它们志向远大，前途不可限量。

山间谷地十分低缓，清亮的河水从鹅卵石上流过，从稻田间流过，从石拱桥下流过，桥连接着一条窄小的街道；河水从一所学校边流过，我曾在流水中浣衣、濯足、垂钓，在河边读书、沉思。在这里，我生活了十来年。林本河在耳边欢唱了十年，我做了十年的梦，梦里一直都有林本河。

"燕草如碧丝，秦桑低绿枝"。林本河的春天是从河岸的桑林开始的，晨雾中桑林郁郁葱葱。"桑之未落，其叶沃若"。农事无闲暇。男人女人们忙忙碌碌采桑叶、喂蚕；孩子们采食桑葚，用竹篮盛到集市上去卖，唇齿间一抹紫色。天边常有紫色的云彩，油菜花开了又落了。

夏雨急速地从山顶刈割下来。林本河开始丰盈，小河涨水大河满，漫过了河间的跳石。没有桥的地方，通常有规律地在河面上嵌几块石头，方的、圆的、不规则的石头。人们就轻轻巧巧地从一块石头跃到另一块石头上，几下就到了对岸，像水上漂。

记得这样一幕情景：一位盲者要过河，一位放学路过的孩子于是牵了他的手，小心翼翼地踩探跳石到达对岸。盲者从肩上的背篓里捧出了一捧鲜杏表示谢意，青的、黄的都有，孩子愉快地接过，嚼一颗在嘴里。那滋味肯定是甜的。孩子从田埂上走过，田埂的尽头是一座从前地主的庄园，已经被改造成了一所学校。

林本河如龙蛇曲折，曲尽其妙。每一次转折就有一次停顿。河水在山脚旋出大小不一的水潭。"潭中鱼可百许头，皆若空游无所依"。夏日垂钓、洗澡。白条、麻鱼、桃花瓣各色杂鱼，油炸小鱼下酒，带给人快乐，也带来过忧愁。

我的一位同事，一位可爱的小伙子，在他人生的甜蜜季节里溺水身亡。夺去他生命的，就是林本河上的绿茵潭。命运是多么的无情啊，他是家中独子，还正在热恋中。我常常回忆起他的笑容，心里难过。

春、夏、秋、冬。

日子一天天过去了，一年年过去了，飞快。不知不觉从懵懂少年变成了成熟青年。林本河依然静静地流淌着，水落石出。白鹭涉水觅食，悠然飞远，独自在收割后的田垄间踟蹰，憧憬着山外的世界。

入冬，林本河仿佛停止了心跳。寒风回旋，电线呼啸，树林萧萧瑟瑟地发抖。我总是伴着忽高忽低的啸声入眠，做梦，梦到多年以后我离开了林本河。

（刊于《汉江文艺》2016年）

双安散记

双安老地名叫双河口，地处紫阳县汉水北岸，左为水码头汉王镇，右邻旱码头蒿坪镇。这两个乡镇自古以来是县治下著名的商品集散地，人烟辐辏，集市繁华。所以小小双安，虽然民风强悍，但由于声名被汉王、蒿坪二镇所掩，外界多有不识。近年来因为发现富硒，且含量极高，曾引来省、市专家到此考察，知名度渐高。正应了酒香不怕巷子深的俗谓，慕名而来的络绎不绝。游客们赏游一番后购了当地的家酿白酒、手工粉条回去品尝，众口称赞。于是双安苞谷酒、双安粉条成为本县著名的富硒食品品牌，参加过县里的茶文化节和市里龙舟节的贸易洽谈会后身价顿时倍增。双安粉条原先2元1斤现在卖到了5元1斤，超过了精装的龙须粉条。

我考察过双河口这个老地名的来历：是由于境内林本河和四合两条溪流于此交汇而得名。我只是搞不明白当地人为什么对河流和溪流区分不清，明明是一条小溪却称之为河。这好比北方人把湖泊叫作海，有种以小做大的嫌疑。四合汇入林本河，形成了小小的山间谷地。几十户居民依山傍水聚居在一起，就开始了市井繁华。俯瞰地形，林本河弯曲如弓，街道笔直如弦，而街西的古木就是一只羽箭。

古木是小镇的名片,见证了兴衰历史。树干得三人合围,虬枝百结,浓荫庇护了大半条街道。询问耄耋老者,说是百龄以上的一棵大药树。药树本就稀少,这样的古树更是罕见。常有人在枝丫上系了红布条,古木就成为人们心中的保护神,起着消灾祈福的作用。古木对面的河滩上是赶集的牲口市场,常看见抱鹅笼鸡、牵羊赶猪的农人到此交易。

街道商铺林立,民居多为两层,楼上住家,楼下是门面,经营各种日常用品、服装、菜蔬等。流动商贩大都是蒿坪人,占领了半壁河山,本地人相争不过,只能暗地里使劲,无奈做生意没有人家精明,仗着地利和别人打成平手。江北人赶场,蒿坪人逢单日、汉王人逢双日。而双安人只逢一四七,一个月集市的日子要比人家少七八天。但每次逢场,四面八方的人潮涌动,这条长不过点一根香烟即可走完的街道上,倒也人山人海,热闹非凡。

如果你从别处来,还会听到当地人用令你惊讶的江南话娓娓而谈。这就是当地人为江南移民后裔的标志了。明清之际为避战乱,许多江南人背井离乡来到紫阳这世外桃源。他们保留了黄州一带的口音,以此体现恋土情结。他们当中以陈、储、杨三姓最多。辛稼轩词云:"茅檐低小,溪上青青草。醉里吴音相媚好,白发谁家翁媪?"恐怕在田间地头时常可以看到这样的农家乐。

境内多山寨,像张家寨、天宝寨、琉璃寺寨、石门寨、梅花寨等,以梅花寨最为有名。这些山寨或为草寇巢穴,或为流民据点,或为寺庙道观,其中琉璃寺已毁,梅花寨为一道观,现在还有道人管香火。其他寨子都已残破,徒留断壁残垣湮没于荒草中。

(刊于《旅途》2010年第6期)

黑龙村茶事

又是一年清明节，我去了一趟黑龙村。黑龙村位于陕南紫阳县焕古镇。焕古自古以来是出贡茶的地方，清代"紫邑宦镇茶"就名闻天下。与我同车的是七八个回家采茶的农民。

从他们轻松的说笑中得知，他们有的才辞掉县城里的零工，有的是回娘家帮忙的，有人上车时候带了很多菜，是给采茶人改善伙食的。临上车，一位中年农民还买了两袋稻种，说是去年用了这个好品种，水稻比以前用本地稻种增产了好几百斤，今年要多种点。旁边一位声音略沙哑的农民聊起近期打工的收入，说家里的粮食还存的有，准备多买两只小猪喂，说着说着就开起了玩笑。中年男子嘿嘿笑起来，露出了一口好看的洁白牙齿。后座是一对年轻的情侣，正在热烈地谈情说爱。一位带了很多菜的年轻姑娘，焦急地催司机快走，说家里帮忙采茶的人还等着她回家做饭呢。

车子启动了，穿行在云雾氤氲的茶山上。窗外少有的安静，家家户户关门上锁，家狗懒洋洋地守在门口。空气中弥漫着浓郁的野花的香气，少有闲人欣赏。"空山不见人，但闻人语响"，采茶人的身影在茶树间婆娑，沙沙沙，既是劳动又像是舞蹈。

黄昏的时候车到了黑龙村，村口路边早已停了几辆摩托车，等候着几个收鲜叶的茶贩子。山间小路上，采茶人三三两两走来，腰上挎着精致的竹篓，沉甸甸地盛满了喜悦。几个熟人和我打招呼，说是稀客稀客，等卖完茶叶再到家陪客，就忙着与茶贩子洽谈去了。

　　以前没有人收鲜叶，农户都是自家手工炒制茶叶，工艺粗糙茶叶价值很低，现在有了制茶机，县政府扶持的几家茶厂在外学习了制茶技术。茶叶的品质提升了，茶叶的价钱自然也提高了。有人就专门收集鲜叶统一加工成茶，再进入茶市销售以赚取适当的利润，农户也图个方便省事。清明过后，低山茶园茶芽减少，鲜叶价格渐低，从最早的上百元降到几十元。而高山茶芽葳蕤，正值采摘佳期，所以价格居高不下，一直在百元以上。

　　"张嫂，张嫂，你今天摘了多少？"李家的喊道。

　　"没有昨天的多，可能有3斤多点儿。李嫂，你家人多，今天该摘了不少了吧？"

　　"也没有好多。狗娃子放学回家，让他在家做作业，他采起来毛手毛脚的，也帮不上忙。"

　　这时张嫂边整理竹篓里的鲜叶，边和收茶人议价。茶贩子习惯性地挑着毛病。

　　"就是听说村里采的茶叶好，才专门上来收一些好鲜叶的，价钱给得很公道，可是你的茶芽中有碎叶，马蹄子（茶叶的粗梗）也多。价钱就不能给太高了，九十吧？"

　　张嫂很不服气，抱怨着说自己细心采摘，但怎能保证不摘下少量的碎芽呢，至少要再加十元才卖。茶贩子很耐心地给张嫂讲道理，说是现在饮茶的人对茶叶品质要求很高，买茶时要开汤（现场泡制观看汤色），茶芽品相差了不好卖啊。张嫂仍不答应，问收茶的老王怎么还没有来，准备把鲜叶卖给老王。茶贩子却不着急，说："你等吧，等老王来了说不定给的价钱还没有我给的高。"

张嫂不理他，看到山下文书家也来了，就笑骂道：

"你慢走慢摇啊，莫在路上吃青苗啊！"

底下的就回应道："那是舅母子话。"周围的人就哄笑起来。

不一会儿上来一个短髯男子，拎着竹篓望着张嫂嘿嘿笑。茶贩子递过来一根香烟，文书嘴上叼了一根，就把烟接过卡在耳朵上。茶贩子从文书处抓出一些茶叶，对张嫂说："你看你看，文书老哥采摘的才是上等茶芽，知道不，这叫大白毫。这是要给大价钱的，一百一。"

粗糙的手掌中摊着一堆粗细均匀、颜色晶莹翠绿的茶芽，煞是好看。

文书颇为自得，说这是本地优良茶种，别家种的少，品质自然跟不上了。

张嫂不言传了，她还在等收茶芽的老王。这时采茶人陆续赶来，茶贩子开始忙碌，验茶芽，找毛病，谈价钱，过秤，再把买好的茶芽小心翼翼地装入白布口袋里。布口袋比编织口袋透气，利于鲜叶散热。采茶人接过数量不等的百元钞票，细心查看防伪标识，近来社会上流传了几种仿真度高的假钞，让人们提高了警惕。茶贩子也不介意，说："你验你验，真的假不了。"采茶人也笑道："放心放心，假的也真不了。"然后，揣了钞票心满意足地相伴散去。这时传来杜鹃声声，村落升腾着袅袅炊烟。

张嫂没有等来老王，只好把茶芽按照刚才的价钱卖给茶贩子，心里老大不痛快。茶贩子安慰她："张嫂，不是我今天压你的茶价，你是知道的，外地客商对紫阳茶的要求越高，才越肯出好价钱。前几年的茶价不高，就是加工粗糙搞成的，现在搞啥，不就是讲究个品牌嘛。"还对张嫂保证，只要明天采摘的茶芽好，也出好价钱。张嫂笑了。

我和张嫂打招呼，张嫂邀请我到她家去，说是要张大哥好好陪我喝两盅，用吊罐炖干四季豆腊肉招待我。我说："改天吧，等你们把茶事忙完了再说吧。"

看看天色不早了，一轮山月也早早升起，我往村里亲戚家走去。耳边闻得有人在唱山歌，"幺妹生得嫩花花哟，好似一棵清明茶哟……"歌声悠扬，十分惬意。今夜宿在茶香弥漫的黑龙村，梦里一定也会有这歌声缭绕呢。

（刊于《秦巴文旅》2019年4月3日）

怀念马军

一晃十多年了,马军的样子已经在我的记忆中模糊,但在我内心深处,这个名字却依然响亮、依然温暖。

2000年的"7·13"特大暴雨给陕南紫阳西南山区造成巨大灾害,生活在任河下游的人们,在家门口可以看到肆虐的河水中漂流下来的物体,暗暗揣测上游的天灾人祸。人人都在为亲人担心。我有个姑在瓦庙的毒重石矿上班,家里人都很着急,父母又脱不开身。我决定去探望一下。

泥石流冲毁了铁路、公路。没有办法,只有等待。7月16日铁路刚刚修通,我就和一批救援人员乘火车到了毛坝。在车上处处可以看到窗外山坡谷地遭暴雨和洪水蹂躏的痕迹,劫后余生的人们都在忙忙碌碌收拾被毁的家园。

到了毛坝要坐班车前往瓦庙,可是公路已经瘫痪了,询问来往的人们,都说没有办法到石矿,要去只有冒险。

看来我要么住在毛坝镇上,要么只能打道回府。熙熙攘攘的街道上到处飘散着来苏水的味道,据说是为了消毒,害怕灾难过后瘟疫横行。从背救灾粮的人们口中了解到,洪水已经吞噬了上百条人命,听起来让人揪心!

我焦急地在骄阳下徘徊,最后决定顺着公路步行到毒重石矿。

公路时断时续，满眼尽是荒凉景象：田地里庄稼倒伏，路旁房屋只留断壁残垣。人迹越来越少，到后来就只剩我一个人行走在崎岖的山路上了。

走到一个叫黄龙洞的地方，路完全断了，齐齐地断裂到了河谷。从瓦庙流下来的这条河叫蛛溪河。河床上怪石林立，黝黑如铁，大如房屋，小如拳头。洪水虽然已经消退，但河水仍然汹涌湍急。眼下只有涉水过河才能走上对岸的公路，我心里不禁焦急起来。

正当我又饥又渴快要绝望的时候，身后的公路上远远地出现了一个黑点——一个身影逐渐清晰，原来是一个和我年纪相仿的小伙子。他背着大旅行包，神情有些疲惫，看见我很惊讶。可能他一路走上来也没有遇见几个人吧。于是我就和他搭讪上了，得知他是当地人，一直在外打工，从电视上看到了家乡遭灾的新闻就匆匆忙忙赶回家看看。他坐了几天几夜火车都没合眼休息，心里牵挂着呢！

走吧，他看出了我的犹豫，主动让我和他一起过河。

顺着小路下到河边，河水咆哮如雷鸣，在乱石中冲突激射，我的心就开始悬了起来。

我们手挽手涉进了冰凉的河水里，他在前面小心翼翼地试探，幸好水不是太深，刚没过腰。但水流太急，我们的身体被冲得左摇右晃。突然我肩上的背包一松，在我伸手抓背包的时候，浪花把我卷到了水里，一瞬间我头脑一片空白：完了。

说时迟，那时快，他马上把包奋力扔到对岸的沙滩上，转身抓住了我。我在挣扎中抓到了他一只手，就好比抓住了一根救命稻草，紧紧地攥住。他连拖带拽地把我弄到对岸，两人就累得瘫倒在了沙地上。

炫目的阳光让人睁不开眼睛，我们仰面躺在地上浑身透湿，狼狈不堪，但此刻已经顾不上这么多了，对我来说，几分钟前就好比在鬼门关打了个来回。我满怀感激之情向他道了谢，他憨憨地笑了下：没事的。

当体力恢复得差不多时，我们上路了。这时我们已经俨然是久别重逢的好友了。

"我叫马军。"他告诉我他的名字，并说他家就住在黄龙洞附近，离这儿不远了。他给我讲了他在外面打工的一些经历，也谈到了黄龙洞的来历。从此我知道了蛛溪河上游有一个叫青龙洞的地方。我们这里和龙有关的地名很多，像高桥的龙潭，高滩的龙窝很有趣的。在他的介绍中我们不知不觉已走了很远。

到了，他指了指前面半坡上的几间房屋。我抬眼看去，那些房屋已经被泥石流冲毁了大半，几个人正在忙碌着。屋前不远处，几块巨石上搭上木板，就成了临时的桥。

我们要分别了，他在桥上频频挥手有些恋恋不舍。我加快了脚步要赶在天黑前到达毒重石矿。

此后我再也没见过马军，也没有听到过关于他的消息，有几次我还专门到毛坝托朋友打听，也总是无果。马军是我在人生旅途中遭遇危难时的一位救命恩人，是相处仅有短短几个小时的一位同路人。我一直在记忆深处珍藏着这个名字，时常想起这段萍水相逢的经历。我感恩这位古道热肠的年轻人！

鼓台仙踪陕南武当——擂鼓台

台名擂鼓与天齐，四顾群山座座低。
隔断往来南北雁，只留日月过东西。

这是八仙之一吕洞宾云游擂鼓台时留下的脍炙人口的诗句。有没有八仙无法考证，但擂鼓台森林公园集险绝、奇异、伟岸、俊秀于一身，坐拥"关南第一峰"是实至名归的。

凤凰山是陕南中部的一座名山，南朝时叫金凤山，北周时称龙子山，隋唐以后始名凤凰山。民国《汉阴县志》记载："凤山南麓有奇峰突起，高逾凤山，为擂鼓台峰。"擂鼓台森林公园地处紫阳、汉阴、汉滨区三县交界地带，距离紫阳县城25公里，海拔800~1891米，划分为东、南、西、北四大景区，有景点、景物52处。其占地585公顷，是陕南著名道教圣地和旅游风景区，1995年被列为省级森林公园。

擂鼓台景区山势巍峨，峰峦挺秀，绝壁飞瀑，重云积雾。这里森林茂密，野生动植物资源丰富，是天然的自然资源宝库。景区内有羚牛、梅花鹿、毛冠鹿、红腹角雉、大鲵、林麝、云豹、金雕等珍稀动物数十种，民国年间，当地还见到过华南虎（当地俗称"彪"）。景区内广泛分布着华山松、油松、云杉等高大乔木，以及海棠、杜鹃、牡丹、月季等观赏植物；奇花异草间还生长着上百种名贵的中草药。早在汉代，擂鼓台就被誉为"仙家药园"。

风景区内，海拔1000米以上的山峰、山寨达28座。其中，营盘梁为最高峰，海拔达1891米；擂鼓台主峰为次高峰，海拔为1866米。另有龙王沟、九条沟、黄龙洞河、茨沟等四条较大溪流，构成一座千峰争秀、万壑奔流的神奇世界。以擂鼓台顶峰为中心，共有四条线路可进入景区，每一条路线均有精彩的景观点缀其间。游客一进入山中，溪流声便扑面而来，如同大自然中流淌出的交响乐。泉声时有时无，忽大忽小；时而铿锵有力，时而幽咽缠绵。行走在茫茫林海中，仿佛在绿色的海洋中畅游。

东景区龙头峰为擂鼓台第一胜景。龙头峰位于真武庙下殿东约1公里处，奇峰突起，有巨石如龙头，龙眼、龙嘴栩栩如生，石上生小松，如龙角、龙须，远远望去如苍龙探海，其东为绝壁，有数棵巨松巍然挺立，更增添了磅礴的气势；西景区的三尖石为擂鼓台第二胜景。三尖石位于古松林寨东南处，为三面绝壁，南边为茨沟的源头，峰顶一分为三，怪石插天，苍松倒挂绝壁，时见鹰隼群集。

擂鼓台真武庙始建于明朝，重建于清道光二十四年（1844），古称玄天宫，有上下殿之分。据说此庙是由湖北武当工匠建造的，既有大武当的传承，又有因地制宜的创造。庙的上下殿均用石料砌成，石壁、石门、石瓦，匠心独运，实属罕见。两扇大门上的"龙""虎"之刻，平添了庙宇的威严与肃穆。门侧刻着遒劲有力的对联：绝壁连云开锦绣；石门斜日到林邛。门额上题：真武庙。殿内供奉着真武大帝石雕像和周公、桃花、灵官等泥塑陪神像。200公斤重的石雕真武帝，着袍衬铠，披发跣足，身材魁伟，栩栩如生。座像两侧有石雕龟蛇底座，愈使真武大帝显得庄严凝重与威仪，使人敬畏。

下殿坐落在顶峰南侧200余米的狭窄阶地上，门额石刻"台鼓仙迹"四字，方正有力，古朴苍拙，左右镌刻着一副笔力千钧的对联：青山不墨千年画；绿水无丝万古琴。上下殿自成体系，总殿建筑格局紧凑，浑然一体，妙趣天成。

相传三国时张飞曾在此山顶擂鼓挥军退敌，故名擂鼓台。峰顶，万山环拱，起伏重叠，群峰如笋罗列，紫霭升腾于山腰。从沟底至峰顶海拔高差达千米，峰奇谷深，心目为眩。其道路崎岖陡峭，如攀天梯登九霄。其山势有华山之险、黄山之秀，如上殿对联所云：鼓响三通声闻于野；台高万仞峻极于天。

登临金顶，可极目百里。放眼北望，月河沃野，碧连无际；西望，群峰翠拔，幽苍缥缈；南眺，滚滚汉江，玉带漂流；相视东擂鼓台，萦青缭白，俨然有超凡脱俗之感。传说吕洞宾在此听黄龙机禅师讲其创立的黄龙宗后，便改号纯阳，并呈送偈语：

弃却瓢囊摔碎琴，如今不恋汞中金。
自从一见黄龙后，始觉从前错用心。

汉水流域是中国道教的发源地。早在东汉末年，兴起于汉中的五斗米道就被视为中国道教的源头。凤凰山时属汉中郡安阳县所辖，为道教活动的主要地点之一，至今在擂鼓台主峰旁边留有仙人洞、炼丹炉等遗迹，加之遍布山岭的中草药，成为道士在此炼丹服药的佐证。北宋时，凤凰山南麓来了一位著名的道教学者——"紫阳真人"张伯端。他在汉江南岸的仙人洞修炼，被后世尊为道教南宗始祖。明朝以后擂鼓台被称为"小武当"，除因自然景观相似外，另一重要的原因就是主奉神相同。传说真武大帝最早显灵于武当山，同在汉水流域的擂鼓台，当为他巡游之地。擂鼓台与仙人洞真人宫遥相呼应，成为陕南著名的道教圣地。千百年来，浓郁深厚的道教文化，点化成了紫阳这片灵山秀水。无论是三国时期的猛张飞，还是名列仙籍的吕洞宾，以及道教南宗创始人之一的张伯端的故事与传说，都为紫阳增加了不少魅力和神秘色彩。有诗云"五岳寻仙不辞远，一生好入名山游"。在紫阳，不用追寻什么名山大川，因为这里就是人人向往的福地洞天！

（刊于《安康文化》2014年第3期）

从紫阳堡走出的紫阳先民

一直以来,陕南就流传"湖广填陕西"的传说,紫阳也一度成为四方流民躲避战乱的世外桃源,形成了五方杂处、土著无多的局面。然而,也有我们的紫阳先民走出大山,远在四百多年前,就在异地他乡开拓他们的家族历史。

一日,县档案史志局来了两名风尘仆仆的男子,年龄小的大约四十来岁,年龄大的可能有五十岁左右,都一脸倦色。我接过介绍信一看,上面写道:

兹介绍甘肃省白银市景泰县总工会纪委书记朱万俊等二同志,前来紫阳了解该县明朝时期人口迁徙情况。请查找县志及介绍紫阳政史资料。

落款是景泰县总工会。陌生的县名让我们来了兴趣,在地图上搜寻了许久,才找到它的位置。景泰县位于甘肃省中部,东临黄河,西接武威,南邻白银、兰州,北依宁夏、内蒙古,地处黄土高原与腾格里沙漠的过渡地带,为河西走廊的东端门户,距陕西南部的紫阳有千里之遥。在一番寒暄之后,我们开始交谈。

故事起源于一次续写家谱的活动。据说，远在明朝万历年间，朱氏家族的祖先从一个叫紫阳堡的小地方出发，翻山越岭到达甘肃中部长城脚下屯垦戍边，并于后来娶妻成家，生了两个儿子，历经四百多年的生存繁衍，形成了一个四五千人的庞大家族，聚居在白银市的景泰等两个相邻县。朱氏子孙在家业兴旺发达之后，动了续修家谱寻根问祖的心思。就是在这次续修家谱的过程中，他们根据家谱里"紫阳堡"的线索一路追寻到了这里。由于不知道紫阳的具体地点，他们一行4人乘火车走了整整4天，先从甘肃坐火车到西安，再从西安寻访到宝鸡，又经宝鸡奔到汉中，最后才从安康坐班车到了紫阳。我们问：为什么不在网上查一查呢？至少也可以少走一些冤枉路啊。同时我们也暗自钦佩他们的执着精神。

翻阅《紫阳县志》得知：

明朝中期，明政府为了对付陕南流民起义、控制汉江并截断川陕间的这一重要通道，于正德五年（1510）在任河嘴设置了紫阳堡。属于军事设施，具有军政合一的性质。正德七年（1512），左都御史洪钟建议将紫阳堡升为县。获准。割金州西南、汉阴东南境置紫阳县，设治所于紫阳滩之左，并建文庙、学廨、未建城垣。

于是，我们产生了一系列疑问：朱氏祖先在明万历年间（1573—1620）从紫阳堡出发，此时已经建县六十多年，从行政区划来讲，应称紫阳县，而不应称为紫阳堡了；如果根据人们的称谓习惯，可能就指任河嘴这个设堡的小地方，那么寻找的范围也缩小了许多；但是朱氏究竟属于老户还是后来的流民呢，也无法得知了。因为在紫阳置县之初，全县分为五里，居民仅147户，至明万历二十一年（1593）才增加到14324人。

在紫阳做过清知县的诗人江开在《紫阳竹枝词》中写道："前明正德年辛未，设县分疆尽陡坡；老户只存三十七，至今川楚客头多。"这里说的是自明朝禁山政策实施之后，紫阳人就"老户无多了"的现状。四方流民纷纷落户扎根。尤其是经过明末清初的多次兵燹之后，老户更是所剩无几。通过清朝两次大规模的移民浪潮后，湖广、江南等地的流民就成为紫阳人的主要组成部分，其中有不少的朱姓族人落户紫阳，开始了刀耕火种的开拓史，并大量散布在任河、汉水各处的乡镇。但不一定是朱姓老户的后裔了。

另一个让人感兴趣的问题是：他们的祖先当时是怎样走出去的？在交通极为不便的条件下，背井离乡跋涉数千里去往遥远的边境戍边，其艰难困苦可想而知的。当我们比照地图结合县志资料后方才恍然大悟：他们会不会是沿著名的茶马古道行走到目的地的呢？

茶马古道是指以马帮为主要交通工具的民间商贸通道，是中国汉族和少数民族经济文化交流的走廊。茶马古道源于古代西南边疆的茶马互市，兴于唐宋，盛于明清，"二战"后期最为兴盛。

而紫阳茶在唐代已经列为朝廷贡品，"山南茶"经过茶圣陆羽《茶经》著述而名闻天下。宋代开始实行"茶马法"。自明至民国年间，紫阳茶远销西北，多先集结于汉中、西乡，然后沿褒斜道经留坝、凤县、两当到达天水；再从天水分为两路：一路经清水到达庄浪等地，另一路经甘谷、武山、陇西、临洮到达临夏，再北上即可到达长城。这是当时紫阳茶的一条运输线路，属于茶马古道的一部分。朱氏祖先很可能沿着这条曾经繁盛一时的古老商道到达甘肃境内的边陲要地。同时我们又想，他有没有经商的可能呢？可否这样设想：他曾经是无数茶商当中的一员，由于种种原因而流落到了甘肃河套地区长城附近，并在那里定居了呢？

由于历史的久远和资料的缺乏，太多的疑问无法找到正确答案。而由于这两位不速之客的到访，如今的紫阳人知道了远在千里之外的甘肃省白银市还散落着几千紫阳先民的后裔，此是应该值得庆幸的。无论我们的先民以何种方式走出了紫阳，不管他们是戍边，还是经商，都已经不重要了。因为，这个存在为湖广移民大规模进入并开发紫阳，同时又有紫阳土著走出大山提供了重要佐证。

不知不觉几个小时过去了，两位来访者时而欣喜、时而失落。虽然没有更多的证据来佐证朱氏祖先的具体发源地，但是寻访到了自己的祖先是从一个山水秀美的人间仙境走来，心愿足矣。

临走，他们感谢我们的热情接待让他们感到了亲人久别重逢般的温暖，说此次续写家谱完成后，一定赠送一套给县档案史志局，并且还要组织家人来紫阳看看。我们送上殷殷的祝福，在火车的轰鸣声中与他们依依惜别。

茶马古道之陕南紫阳

紫阳县位于陕西省南部、汉江上游、秦巴腹地。这里万山错综，河溪密布，汉江自西北至东南横贯全境，任河由西南向西北注入汉水。由于北有秦岭阻隔，南有巴山屏障，形成了紫阳冬无严寒、夏无酷暑湿润的北亚热带季风气候区，年平均气温15.1℃，无霜期为268天。

紫阳历史悠久，文化积蕴厚重。很早以前就有人类在这里活动，新石器、商周、两汉时期都在这里留下了很多遗址。紫阳商代属庸国，春秋属巴国，战国后期属楚国汉中郡，秦时属益州汉中郡西城县，东晋至南北朝时在今县境内先后置宁都、广城、汉阳三县，唐初并入山南东道金州西城郡，明正德七年（1512）始设紫阳县。

得天独厚的自然条件使紫阳生物资源异常丰富，尤其是茶叶、蚕桑、柑橘、杜仲、桐油等在全国久负盛名。这里是中国最古老的茶叶种植区之一，产生了中国最早的贡茶。《华阳国志·巴志》对紫阳茶区、茶叶有了准确的记载："其地东至鱼复，西至僰道，北接汉中，南极黔涪。土植五谷，牲具六畜。桑蚕、麻苎、鱼、盐、铜、铁、丹、漆、茶、蜜、灵龟、巨犀、山鸡、白雉、黄润鲜粉，皆纳贡之。其果实之珍者，树有荔枝，蔓有辛蒟，园有芳蒻、香茗。"这是关于茶的最早记载，其中荼和香茗即指茶叶。陕南汉江中上游曾是古代巴人生活的地方。

千年茶事绵绵不绝。唐宋至清，紫阳茶年年入贡遂成天下名茶。《新唐书》记载的金州土贡有麸金、茶芽、椒、干漆、麝香、杜仲等。茶芽就是被称为"山南茶"的紫阳贡茶。陕西省档案馆珍藏的《大清征茶令》因是记录紫阳贡茶的历史物证，而成了镇馆之宝。

传说神农氏日尝百草，中七十余毒，得茶乃解。原本用作药物的茶叶在东汉佛教传入紫阳期间，由僧人坐禅兴起了饮茶之风。一片神奇的叶子竟然影响到了国家政治、经济乃至文化的发展，让人惊叹不已。从大唐帝国的茶文化、茶马互市催生的中国第一条茶马古道，也在湮没千年后的发掘中重现辉煌。

始于唐代的茶马贸易，宋、明两代的"茶马法"同紫阳茶的发展和远销有着密切的关系。自西汉至唐中叶近千年时间，茶树的栽培和茶的饮用已风靡全国，并传入大西北少数民族地区。唐贞元末年开始的中原与西北少数民族的茶马贸易，"时回纥入朝，始驱马市茶"。唐大和九年（835），正式施行榷茶。以紫阳为代表所产的"山南茶"源源不断地进入长安市场，更多远销到大西北（包括今天的甘肃、宁夏、青海、新疆等地），甚至伴随着丝绸之路走出国门到达中亚、西亚、欧洲和北非等地。茶叶从产地出发的旅程演变成今天闻名于世的茶马古道。紫阳作为陕南茶主产地成为陕甘茶马古道的发源地。

明初，"茶马法"成为关乎国计民生的基本国策。茶马贸易达到全盛。陕甘茶马古道主要路线为：从紫阳、汉阴、石泉到西乡，再过洋县、城固、汉中，然后分为两路，一路从勉县到略阳，进入甘肃徽县，然后到古河州临夏；一路走留坝、凤县，经甘肃两当，到天水后，又分两线，一线上临夏，一线经清水到达庄浪等地。到临夏的茶叶，一线到兰州，上丝绸之路；一线上"唐蕃古道"，即青藏线茶马古道，入藏。

茶马古道带动了沿途各地的商业繁荣。每年农历二月半后，紫阳各茶区开始采摘茶芽，云雾氤氲的茶山之上茶歌飞扬。紫阳民歌中的《顺采茶》《倒采茶》就生动地反映了男女老少的劳动场景。紫阳茶的传统制法为晒青，根据采茶先后，可分为"雨前毛尖""惊蛰蔓芽""春分雀舌"以及清明前后的"细蔓子"和"粗蔓子"。"雨前毛尖"产量最少且弥足珍贵。紫阳全县都产茶，以汉江和任河谷地的焕古（宦姑滩）、瓦房店、蒿坪河三个茶区产量最多，为重要的茶叶集散地。因宦姑滩所产茶叶品质出众，茶色既艳，茶味亦美，故民国以前，紫阳县向外销售的茶叶包装桶上均印有"紫邑宦镇"四字。

紫阳县城西南十里的瓦房店，是任河和渚河的交汇之地，上通巴蜀，下接荆湘。便利的交通条件和繁忙的茶叶贸易，使之成为商旅辐辏的繁华市井。民国时期有西北五省六馆共计十七家会馆云集于此，追逐由茶叶等山货带来的惊人利润。保留至今的有北五省会馆（山陕会馆）和江西馆。其中山陕会馆主要经销茶叶，会馆建筑雕梁画栋，豪华气象彰显了雄厚的经济实力，也反映了茶叶经销的巨大规模。茶叶在经过采摘、制作、收购、挑拣、包装等工序后，一袋袋麻制茶包、一桶桶麻纸茶篓等待从水路或陆路起程。

陆路从瓦房店出发，用马驮或人挑篓背，经关垭子进入红椿坝，翻罗家店子进入尚坝，过羁马庄进入汉中镇巴县的巴庙、碾子垭，再进入西乡县腊西坝、茶镇，最后到达南郑县十八里铺。这条路径大致十日可到达，且比较稳当，不至于有损失或因潮湿而毁坏，但运费较水运高出不止一倍。水路则溯汉水经石泉、洋县，船运至十八里铺。水路时间较长，上水最少要二十日以上，沿途险滩较多，易生危险，且茶叶容易受潮变质。所以，紫阳新茶上市为获高价多从陆路运销。运输茶叶使沿途每三四十里形成一个集镇，"其民昼夜治茶不休"，已经达到"男废耕，女废织"的程度。尤其是十八里铺这一水陆码头已成为明清陕南最大的茶盐互市市场。

茶马古道促进了紫阳和外界的经济文化交流。流传久远的紫阳民歌中有大量的反映茶事活动的内容。"幺妹子生得嫩花花哟，好像一棵清明茶哟"歌颂的就是这种在劳动中产生的美妙爱情。明清两代，以鄂、川、湘、皖为主的大量移民迁入陕南垦荒，带来了先进的茶叶种植和制作技术。人口迁徙所带来的文化融合和地域特色，决定了紫阳不仅有秦楚文化的沉淀，也有巴蜀文化的烙印，反映到紫阳民歌当中，形成了紫阳民歌北地南腔、南北融会的特点。其中大量移民是从茶马古道进出紫阳的。2009年，前来紫阳寻根的甘肃朱氏家族，极有可能就是明朝万历年间经茶马古道走出的紫阳先民后裔，如今已繁衍至四五千人之众。

紫阳茶在种植、制作、运销、饮用过程中，形成了独具特色的茶文化。1988年，紫阳被发现是全国第二个富硒区，紫阳茶也因为天然富硒而身价倍增。紫阳槠叶种是全国名茶种，现代的茶叶制作由晒青法发展到炒青，开发出"紫阳毛尖""紫阳银针""紫阳翠峰""紫阳碧螺春"等多个品牌，获得多个国内国际大奖。2009年在农业部举办的"首届中国产品区域公用品牌建设论坛"上，"紫阳富硒茶"公用品牌，以7.04亿元人民币的身价名列中国茶叶类公用品牌第九位、西部地区茶叶类公用品牌价值第一名，从而再次奠定了紫阳茶的名茶地位。历代文人墨客题咏的千年紫阳茶，如今在造福全人类的宏伟愿望中书写着盛世华章，而记载紫阳茶乃至紫阳发展历史的茶马古道，也将揭开神秘的面纱，展现在世人面前，以缅怀那流逝的峥嵘岁月。

任河岸边七宝塔

任河岸上有一座七级宝塔,古朴庄严。高耸的塔身饱经风霜,斑斑驳驳,遍布岁月的痕迹。七层飞檐悬挂的铃铛,在风中泠泠作响。近看宝塔犹如一柄长剑直刺蓝天,远望宝塔仿佛这江湾里的一个巨大惊叹号,像是给这片明山秀水一个夸张的肯定。

多年以后,我才明白宝塔指的是"七宝塔",源自古代印度的"浮屠"。佛经里云"救人一命,胜造七级浮屠"。浮屠就是我们所说的宝塔,一般七层,作用是消灾祈福。任河流域常遭水患,当地人修造宝塔原是为了镇水,而金鸭子之类自然是一个美丽的传说。

宝塔没能镇住每年夏天到来的洪水,任河也因汉江下游修建了水库,而变成了烟波浩渺的瀛湖的一部分了。沧海桑田,变化巨大,宝塔成了人们口中的报恩塔,牵扯出一段"忠犬八公"式的故事。

据说是从前有一位黄州商人,哪朝哪代无考,在瓦房店经商多年,年终要回黄州过年。因本地黄州商人较多,甚至还建有一座黄州会馆。有的常年不回家的,连家都搬过来了。当地人这样描述黄州人过年:"鸡不鸣,狗不咬,半夜过年黄州佬"——黄州人半夜时分吃团圆饭。可见当地人对黄州人生活习俗的熟悉。这一年，黄州商人把生意交代完了以后，腰缠着褡裢就上了船，顺着任河漂流而下。临行前几个朋友饯行喝了不少酒，商人脚下踉跄，依依不舍地和朋友告别，相约来年再会。一条平时豢养的黄狗也随他跃上了船。他伤感地对黄狗说："你也是来送我的吗?"黄狗不应，摇摇尾巴，就卧在他身边。船一路迤逦来到宝塔湾时，商人突然腹痛难忍，要大解。船家靠了岸，他就急急忙忙下船，寻了林深草密的地方去方便，黄狗见状，也尾随而去。良久，商人返回船上，一身轻松，带着酒意沉沉入睡。南柯梦醒时分船已经到了老河口（湖北境内），去到陕西几百公里外了。点查随身物品时，发现不见了随身的褡裢。他暗叫不好，要知道那褡裢里可是装了他全部的积蓄——几百个银圆啊。商人一时懊悔不已，再一看，发现随行的黄狗也不见了。

仓皇在家过完年，商人打点行装出了门。买舟溯流而上，准备再回到瓦房店做生意。行至宝塔湾时，商人心想年前就是在此地上过岸的，何妨去看看。于是停船登岸，走到那片林中，发现荒草丛中竟然卧着一条狗，定睛一看，正是自己的那条狗，已然死去多日了。商人仔细查看，咦，发现狗身下似乎压着什么东西，于是用木棍拨开狗身体，一条褡裢豁然出现在眼前……

故事讲到这里，各位也就明白了：褡裢里的银圆还在。原来，黄狗尾随主人上岸后，发现主人忘了褡裢匆匆上船，当时就吠叫不已，可是商人急于赶路没有听见……于是就一直守在褡裢边直到饿死，最后又卧在褡裢上，才使褡裢不被人发觉。真是一条义犬啊！商人禁不住感动得流下热泪。于是他把黄狗就地掩埋，并找人立了一块石碑，记录了黄狗的义举。商人到处颂扬黄狗的功德。于是这条忠狗的故事就在当地流传下来了。来来往往的行人经过此地，都要去看看这块"义犬碑"，人们嫌叫着不顺口，就直呼作"狗儿碑"。

"宝塔湾里狗儿碑"。我记得当年祖父给我说起过义犬的故事。金鸭子的传说也是他亲口告诉我的。当我第一次来到宝塔去寻觅这块碑时，石碑已经不见了。光阴荏苒，人们渐渐地对"义犬碑"的事情不甚了然，竟然谬传为商人为了报恩，给黄狗建造了一座宝塔，于是乎叫报恩塔。我只有哂然一笑而已。

不管黄狗和宝塔之间有没有直接联系，现在已经不重要了。关键是这个美丽的传说契合了当时的社会环境。瓦房店在繁荣的商业活动中形成了浓郁的商业文化，它需要这样一种宣扬"义"的载体，义犬救主的故事恰恰彰显了这个主题，所以它深入人心。

瓦房店是个很奇妙的地方。任河和渚河在镇西头交汇，上行可通巴蜀，下行顺汉江而下可达荆楚。于是瓦房店从明清时期开始成为商业活动的繁盛之地，本地茶、麻、丝、漆、桐油源源不断地出山，换回一船船丝绸布匹、粮油日杂。一时间商旅云集，水运繁忙，被誉为"小汉口"。各路商人为了抱团经商，纷纷出资修建了同乡会馆。像北五省会馆、武昌馆、江西馆、黄州馆、湖南馆、川主馆……如雨后春笋般出现在这块弹丸之地。与此同时，各种庙宇也兴盛起来，像财神庙、观音庙、泰山庙、关帝庙、土地庙……满足了人的世俗生活的各种需求，而维系这一切繁华的是商业活动的繁盛。平衡商业竞争的"义""忠"的行业道德就被推崇到一个很高的位置。北五省会馆原来是在关帝庙的基础上由山西、陕西商人出资修建的，形成一座建筑精美、规模庞大的建筑群。它包括戏楼、观戏楼、过殿、钟鼓楼、大殿等，坐北朝南，顺地势依次修建。

大殿里供奉的关帝，是商人敬奉的武财神。20世纪90年代发现的清代壁画，几乎都是围绕关公的忠义故事展开的。它精美壮观，呈现了古人的精神世界。每逢聚会、议事、年节庆祝，都要在会馆里演戏。精彩纷呈的汉剧，轮番在戏楼上演。观众里有达官显贵、士绅商贾，但更多的是寻常百姓。戏曲不仅仅是人们茶余饭后的谈资，也浸淫到人们的血液里，各色人等成为忠实的粉丝票友。他们有时也会粉墨登场，咿咿呀呀唱尽人世的悲欢离合。

现在看来，这个青山绿水间的临水小镇，仍然那么美丽宁静，风情万种。如今会馆内浓郁参天的古树，依然散发着岁月珍藏的幽香；雕梁画栋的戏楼，依然飘荡着悠扬婉转的古韵。门楼内熙来攘往的游客，来自天南海北。遥想当年任河上征帆去棹，纤夫商旅行走在山里山外，沟通了外面的大千世界。而当他们第一次到来，或者最后一次离开时，都会忘不了那宝塔的雄伟身影和它随风远送的泠泠清音……

（刊于《秦巴文旅》2019年12月11日）

悬鼓是个湾

一直以来，我对家乡向阳镇政府驻地悬鼓村的地名来历心存疑惑。我生于斯长于斯，自然对地名缘由有一种强烈的探索欲望。1989年版《紫阳县志》是这样释名的：

悬鼓湾 自然村，太月乡政府驻地，因一石似鼓悬于崖上得名。太月乡（公社）1967年曾更名向阳，故置于本村的火车站定名向阳镇至今。因瓦房店搬迁至此，逐步形成自然镇规模。

把"有一块石头像鼓悬于崖上"作为地名来由，我认为颇为牵强。我对当地山水比较熟悉，遍观附近所有悬崖峭壁，都没石头似鼓者。任河东岸，高山有狮子寨、葛藤垭，低山有小狮子寨、困牛山，皆没有如此地形，实在难以认同这种解释。

恰到2013年，一个偶然的机会，我发现了一张馆藏的明代地契，方解开了心中谜团。这是一份保存完好的明代万历四十七年（1619）的纸质地契，距今已有397年，目前是县境内发现的年份最早的纸质档案。它记载了明万历四十七年二月初八，紫阳县镇江里八甲村民王绅因要钱使用，通过中介人李世济说合，以11两银子的价格，将坐落在玄谷湾月溪沟口的一份地卖与东明里八甲孙员单名下，子孙永远为业。契约里四至明白。为避免纠纷，还请王绅的兄弟王经、侄儿王化醇，中人李世济、见证人李芝当众签字画押，并交官府完税，加盖官印。这份地契是继发现紫阳县清代光绪三年茶叶信票以来的又一份珍贵档案。它反映了明代紫阳民间土地买卖状况，对于研究当时的历史、行政区划、土地制度等具有重要的价值。

地契中的"玄谷湾月溪沟口"就是今天的向阳镇悬鼓湾月池沟。由此可见，"悬鼓"由"玄谷"而来，当地因读音相近，"玄谷"也就误读为今天的"悬鼓"，同样"月溪沟"的"溪"也就误读为今天的"池"。当时的史志工作者可能只根据"悬鼓"二字臆断为有一石似鼓而悬，谬之矣。

我认为"玄谷"更符合村名的本源。其一，"玄谷"从字面意思来理解，为"巨大的山谷"，七百里任河横贯巴山谷地，形成无数高山巨谷，玄谷湾正处在任河峡谷出口，地势更为开阔高峻，以"玄谷"命名之，更为确切。

其二，任河谷地曾被人推测为"王谷"所在地，《水经注》第27卷中记载：汉水又东，径晋昌郡之宁都县南，县治松溪口。又东径魏兴郡广城县，县治王谷。谷道南出巴獠，有盐井，食之令人瘿疾。汉水又东径鱼脯谷口，旧西城、广城二县。指此谷而分界也。又东过西城县南。"王谷"，其意义也有深山大谷的含义。

综上所述，"悬鼓"原为"玄谷"更具有说服力了。一张古代地契就这样解开了一个地名谜团。苏轼在《石钟山记》所说"事不目见耳闻，而臆断其有无，可乎？"同时也启发当代的史志工作者更应该深入实际，多搞些调查研究啊。这正是：

玄谷原来无悬鼓，只怪今人太马虎。

古有东坡《石钟山》，烛幽探微下功夫。

（刊于《安康文化》2016年第4期）

地 炉 记

低山雨，高山雪。入冬以来，几场寒雨淅淅沥沥，天地间就愈发萧瑟凋敝。人怕出门，寒风嗖嗖地钻入棉衣内，搅得人咳嗽流涕狼狈不堪。风雪夜归之人，最渴望拥炉而坐，地炉当是首选。

陕南地界为秦巴山地，高山人家多用火塘。平地里掘一个浅坑，四周用石条或者整段木头镶嵌成方形，中间用来爨火。上面系一个可上下活动的铁钩或者木钩，谓"罐搭钩"，用来悬挂铁罐铁锅烧水做饭。烧饭时锅底必有一层焦黄香脆的锅巴，是饭中精华。隆冬季节，喜欢用老树疙瘩架起熊熊大火，人就散坐在四周取暖。火光把人影拉长，黑黑的涂抹在身后的墙上。风狡黠地钻入柴门戏弄火苗，影子就变幻无章。火塘上方的竹笆上，一年四季都悬挂着一方方腊肉，如同肉林。肉被熏炙得乌黑油光，可储存三年五年不坏。吃时先灼烧洗净，快刀切成大块，加上干洋芋果四季豆，一起放入铁鼎罐中细细炖煮，肉汤味道醇厚，极其诱人。若是佐上一壶浊酒，便可度过颇有滋味的一夜。然而山风凌厉，呼啸着从石板屋顶的缝隙、土墙鼠穴之中纷纷侵入。取暖之人纵然前胸炙烤得滚热，索性解开纽扣赤裸了胸膛，后背却依然冷飕飕忍不住要打寒噤。

倘若在低山人家，此时脚踏地炉，因为足底温暖，周身暖流游走，而寒气尽无。当地人视地炉为过冬一宝。我常畏冷，在外地求学时，每年冬天脚趾就生冻疮。痒痛难熬时，就十分渴望老家的地炉。参加工作后我在县城北部的林本河边，安然度过了十多个严冬，全仗陋室内有一孔地炉。

朋友来访时就围炉取暖。谈兴渐浓时分，家事国事天下事，争个面红耳赤不亦乐乎。偶尔煮起火锅，喝点烧酒，猜拳行令热血沸腾；独自闲坐时，或读书，或横笛，安享片刻的温暖宁静。窗外大雪纷飞，室内暖意浓浓。记得北宋苏辙有《和柳子玉地炉》诗云：

> 凿地泥床不费功，山深炭贱火长红。
> 拥衾熟睡朝衙后，抱膝微吟莫雪中。
> 宠辱两忘轻世味，冰霜不到傲天工。
> 遥知麻步无人客，寒夜清樽谁与同。

诗中准确记录了地炉的制法和围炉而坐的况味，可见地炉的使用颇古老了。

地炉制法颇有讲究。制作倘不得法，不但靡费燃料，且炉煤容易熄灭。我的地炉是附近一位黄姓村民挖制的。地炉和火塘的区别是，平地挖三四尺深一方坑，坑内前端堆砌炉膛平至地面，约占总面积的三分之一，其余留作炉坑，上面盖上木板与地表相平，可用来通风及储存余烬。地炉燃烧的好坏关键在炉膛。炉膛好，火力就猛，地炉就红火亮堂。炉膛为圆形，讲究口小腹大，这样的炉膛方能聚火，也容易接火。地炉的燃料多用石炭，陕南一带称煤为石炭，称煤窑为"炭洞子"。我们所用的石炭，都是老黄就地取材从山中挖来的。我去过他挖煤的炭洞子，洞口狭小得仅容许他瘦小的身躯匍匐通过，条件异常简陋,于是就常担心他的安全。

实施山地移民政策以来,高山人家渐次搬到城镇里居住,火塘已经鲜见了。就是低山人家,亦不大烧地炉了。城里人在冬日里采用暖气、空调或者电炉,图其清洁方便。只有一些怕冷的老年人总不习惯,尤其冬季一来,腿脚关节就发冷。于是不由自主地念叨:还是地炉子好哇……热切怀念起地炉来了。

(刊于《保定晚报》2017年2月4日)

烟雨擂鼓台

汉水自西向东横穿陕西南部的紫阳县，将一片灵秀山水分为江南江北。江南有紫阳真人的仙人洞，江北就有道教圣地擂鼓台。我是任河口岸的人，有机会访过江北胜迹。

狗年二月龙抬头这天，我和几个朋友沿着安五堰的土路逶迤来到擂鼓台的山脚，只见一道山溪两岸良田，二三农户星星点点掩映在松竹之中。短暂休息后我们拾级而上向山顶攀登，过龙嘴，登天梯就到了下殿，找道士寻了香火，无暇顾及此时的蒙蒙细雨和山道险滑，一口气冲到上殿就浑身发软累得直不起腰了。

上殿如今又进行了修葺，石砌祖师殿的边上新添了道观。站在祖师殿前，沐浴长风，俯瞰四周，只见汉水碧带群山兽聚，莽莽苍苍一览无遗。朋友向道士讨了茶在静室里休憩。我却没有睡意，独自品茶默想。忽然雷声滚滚惊涛骇浪排空而来，推开窗户只见云腾雾涌，雨却并没有滂沱。没有打雷呀。老道告诉我是下殿在击鼓。朋友们就都来了兴致，要到下殿看鼓。鼓是镇观之宝，形若巨缸，鼓面为牛皮，鼓身朱红透亮，四周镶嵌麻钱大的铜钉。夜晚就宿在观中枕着万壑松声，遥想白日老道所讲的三国张飞进军汉中在此击鼓退敌的故事，仿佛一阵鼓声又把我从梦中惊醒。

声音极细若有还无，渐渐地如钱塘潮从天际涌来，如天鹅列阵疾飞，如万马奔腾……浪花也溅到窗棂上了。接着屋瓦上大珠小珠落玉盘阵阵繁响。我哑然失笑，这分明不是鼓声而是久违的春雷啊。白日里把鼓声当作了雷声，夜里却又把雷声当成了鼓声，这不是很有趣吗。我坦然地听着春雷汪洋恣肆地在夜空迅疾奔走。

不禁遥想起远在汉江南岸的故人，故乡今夜的雷声也是这样的吗？

过客蒿坪

不知不觉,我在江北已经生活十余年了,蓦然回首略尝白驹过隙滋味。这十余年,我总是车来车往经过蒿坪,算是一位熟悉的过客,也只能算是一位过客。因为除了几次小住之外,没有更长时间的驻留。所以对紫阳来说赫赫有名的古镇蒿坪,我的了解则肤浅得很,和纸上谈兵差不多。

记得清末紫阳的知县江开曾为之作诗云:"蒿坪河是桃源洞,一带山溪两岸田。人语鸡鸣山碓响,平林霞日起炊烟。"此可以作为蒿坪的真实写照。紫阳境内多山,本是地无三尺平的险恶之地。江南的人出任河,经恒紫路越米溪梁,九弯十八盘之后豁然开朗,就会惊艳地发现一个山间盆地,平平坦坦方圆数里,然后禁不住赞叹而且艳羡上天对蒿坪人的奢侈,服气蒿坪河是米粮川的美誉了。

蒿坪是紫阳有名的旱码头、江北的经济重镇,产大米、煤炭、石材、茶叶,人口稠密,商业繁荣,富甲一方。所以蒿坪人往往有一种占天时地利的优越感。人皆精明世故,男人爱潇洒,女人爱俊俏,做事勤奋商业意识强,都是地理环境使然。从蒿坪司机身上就可以略见一斑。司机个个车技熟练,外地司机不习惯紫阳地形,吃不消山道盘旋上下,所以总是小心翼翼如履薄冰，而本地司机操纵车辆如乘奔马疾驰，既快又稳，赶得上赛车手。他们对待乘客极为殷勤，人未上车，而行李已被司机好心帮助上车了。白天马不停蹄忙载客赚钱颇为辛苦，晚间则到茶楼酒肆消遣，亦懂生活享受。

蒿坪人有两个明显标志，所以容易被人识别：一是不少人齿黑，据说是和饮水有关，但奇怪的是同饮一河水，阴坡人牙齿皆黑，阳坡人牙齿皆白；二是蒿坪人说话舌音较重，老辈蒿坪人多为江南移民的后裔，说话带有吴音，比较典型的是"今天又下乳（雨）了"，声母"y"和"r"相混淆。现代蒿坪人学习了普通话，渐渐消除了吴音的痕迹。

邂逅高桥

老辈人常对年轻人说：我走过的桥比你走过的路多。桥，于是成为衡量人生经历的一种标尺。故乡的溪河上有许多桥，小桥横截，缺月如弓，给故乡的风景增添了不少韵致。而我最神往的就是高桥。

我常常想，高桥是怎样的一座桥呢，竟然博得一个镇名，在深山里热闹了数百年，如幽谷佳人般让人倾慕。戊子年的夏天，应一个朋友的邀请，遂成高桥之行。

高桥坐镇紫阳西南，溯任河，入权河，一路山高水低，大约两个小时就到了。刚入权河口，山势渐渐宽阔，一片锦绣的山间谷地。有良田美池桑竹之属，阡陌交通，鸡犬相闻，黄发垂髫并怡然自乐。不知不觉之间，陶潜的《桃花源记》脱口而出，询问同坐的旅客，才知是农场，过了农场，古镇高桥已然就在眼前。

老街极其狭窄，对面人家坐在自家门阶即可轻松闲谈。如果遇到熟人也能伸手相握。这里人口稠密，商铺林立，各种货品琳琅满目。镇上有班车沟通着外面的世界。朋友早已在一家酒肆门前等候，我一下车就催着先去看桥，朋友却笑而不应，说先吃饭再说。我只有按下好奇心，就着当地的钢鳅小鱼，饮几杯啤酒后，禁不住逸兴纷飞，谈古论今直至杯盘狼藉不知所云。

是夜便宿在镇上,心里老大的一团疑问让人辗转反侧。夜深酒渴,便起床推窗看那山间的月亮,此时万籁俱寂,山极高而月极小。清辉四射,凡尘俗虑一时俱消。心里就想,月下的高桥又是怎样的动人情景?

翌日清晨,恰逢小镇集市。镇街早早地就熙熙攘攘人头攒动了。和朋友挤到昨日的酒肆旁边,就看到一座风雨剥蚀的门楼,高桥就这样在不经意间出现在我眼前。只见一座廊桥临水飞渡以通南北。桥是木质结构,上覆瓦顶可以遮风挡雨;下有木栏,可以凭栏观瀑。从河面至桥身不过两丈有余。朋友看出我眼中的疑问,拉我上桥看廊柱上的字迹,有好事者歪歪扭扭写下的竟是:山不在高,有仙则名;水不在深,有龙则灵;桥虽不高,怡情则行。忍俊不禁,转念一想,高桥人不正是看重小桥的那份韵致吗?

桥与镇街融为一体,成为小镇的一支抒情小调。每一个站在桥上的游客都会禁不住浮想联翩。"伤心桥下春波绿,曾是惊鸿照影来"。陆游和唐婉的凄美故事不会在这里上演,有的是窈窕淑女婷婷地从桥上经过。抑或是清风明月,友成三五,踱上桥来高声谈笑说不出的惬意爽朗;抑或是午后黄昏,棋友戏迷,在桥上争一席之地,是何等的潇洒和闲适;抑或是风雨俱至,一群上学小儿撑着花花绿绿的小伞,又是怎样的一个诗情画意的境地?

我从桥上走过,匆匆又上了返途的汽车。这人,这水,这桥虽然是那么浮光掠影的一瞥,却不料深刻在我脑海里。我想,也许在若干年之后,即使无缘再次重温那廊桥遗梦,我也会在灵魂深处震颤地记得:那桥,那水,那人……

(刊于《汉江晨刊》2019年10月15日)

冻桐子花

清明过后，天气渐渐回暖，正是万物复苏的季节，突然袭来一场寒流。在料峭春寒中，桐子花开始美丽地开放。这是冻桐子花，母亲如是说。暮春时节，百花纷纷凋落，唯有桐子花渐次开放。细看桐花，一盏一盏的，花瓣边缘雪白，往花蕊深处渐渐胭红，仿佛宣纸晕染；花萼处聚拢成一顶帽子，五个花瓣收拢成一个精巧的花盏；花梗又细又长，优雅至极，远远望去，像少女脸颊上飞起的红晕。

母亲经常走过的小桥边就有一棵桐子树，不知什么时候长在路旁的，每年都开得繁华如雪，今年也不例外。清明前半月，还没有花，桐子树光秃秃的，一阵春风一场春雨后，各个枝头顶端便悄悄吐出一簇绿芽，最初的嫩叶从芽头到像鹅掌，又由浅绿到深绿，特别像铁扇公主藏在口中的芭蕉扇，不经意间变得大如手掌。等到夏至过后，桐叶渐渐变厚，颜色愈发深绿。苞谷成熟，母亲用桐叶蒸浆巴馍，或是等到小麦新熟，蒸麦拉子馍。

每年夏天，采桐子叶的任务，母亲就交给我和弟弟了。我们很乐意接受这个任务，愉快地从山野里采回鲜亮的、完整的、墨绿色的桐子叶，一片一片洗得干干净净的。母亲早就在几天前用一扇小小的手摇石磨把嫩苞谷磨出甜浆，静置后发酵成了酸浆巴。母亲将桐叶沿着叶柄两侧卷起，舀入酸浆，然后把叶的上部倒卷下来，形成一个圆锥体，然后放入蒸笼里蒸熟。刚出锅的浆巴馍，冒着热腾腾的蒸气，我往往不顾烫手就迫不及待地拿上一个，打开桐子叶，里面那淡紫色的、印着细密叶脉经络的浆巴馍真是诱人，趁热咬上一口，唇齿间满是酸甜的味道。这是我童年最难忘的记忆之一。

转眼间，桐花在山野孩子的童谣歌声中凋落，层层叠叠的桐叶间结满了青色的桐子。我们用小刀轻轻地割开果实，不一会儿就渗出亮晶晶的汁液。那汁液用来黏撕破的书皮本子，黏合的效果非常好。

说起桐子，三线建设时期，那些稚嫩的学生兵们还闹过一个笑话。那些从城市里来的学兵娃娃，不认识桐子，就把它们当作核桃敲开来吃，结果是吃桐子的学娃兵呕吐过后，几天不想吃饭，狼狈不堪。村里的乡亲们听说了，又爱又怜，就给这些孩子们送来一口袋核桃。

到了秋天，桐子落，童子乐。山里的孩子，谁没有捡过桐子呢。小孩子挎着竹篮，背着背篓，三五成群，漫山遍野地搜寻桐子。桐实坚韧，很难一一敲开，要用脚揉搓出里面的桐籽，然后送进收购站里。收购站大斗小升地量，空地里桐籽堆积如山，空气里弥漫了桐籽钝钝的味道。每到冬天，桐籽又被大包小包地运往码头，装船远走。剩下一部分桐籽就地榨油。桐油用来漆东西，可以防水。红四方面军在家乡大巴山活动时期，在木片、竹片上书写标语，涂上桐油，放入河中顺流而下宣传革命，被称为红色"漂子"。在那物资奇缺的时代，家家户户少不了点起一盏盏冒着青烟的桐油灯。而当桐油被运到了江南时，则油出了一把把油纸伞。

  桐子花开清明后，桐花不仅美丽，还能入药。母亲曾经用桐花泡桐油，涂好了不少人的烫伤。所以每到桐花盛开时节，我就想起母亲曾用柔弱之躯支撑着一大家人度过许多艰难岁月的往事，也就理解了她为什么那么喜欢桐花了。经历了春寒，桐花依然美丽绽放，这不是她的传神写照吗？可是对于我说的这些，母亲都笑而不语。我只有多陪着她去看那飞舞的桐花了。

        （刊于《安康日报》2021年5月28日）

麦坪的青桩

初到麦坪的时候，并没有遇见期待中的麦地，只看到一行行茁壮成长的苞谷，就像成队的士兵守候在山坡上，蔚为壮观。从盘山公路上远眺山村，恰如山谷怀抱中熟睡的婴儿。清凉的山风从陡峭的山坡上拂来，旋起了一层层绿浪。茂密的植被、清新的空气、四野的鸟鸣和虫声交织成万千天籁，一阵阵向人袭来。山涧中清澈的溪流，和着怒放的花香，一起奏响了巴山谷地的夏日主旋律。

溪水顺着山势潺潺奔流，穿过山上成片的苞谷地，流过古老的石拱桥，滋润着山下鱼鳞般的稻田。田里秧苗青青，不时看见一只只青桩，悠然地涉水觅食。它们时而冲天而起，时而翩翩飞翔，如隐逸遁世的高人，高蹈在山野间。隔溪相望的山坡上是青桩们的栖息地，几棵高耸的大树上构筑了鸟巢。正午时分，在阳光热烈地照耀下，几只青桩刚刚归巢，两只并肩而卧似一对夫妻，另一只安详伫立，振翅敛羽，仿佛抖落归尘。树叶青葱繁茂，好像几朵从山坡上涌出的青云。

树下的巴山农家，厚厚的黄土墙，木架的屋顶上密铺着石板瓦。屋内还使用着火塘，挂着一只铁罐；铁罐的上方，又悬着几十方腊肉。周围的墙虽然被烟熏得黧黑，却贴了一幅时髦的女明星画，对比之下格外醒目。院子里有三四户人家，祖祖辈辈在此居住。跟主人攀谈，问及青桩，都说已经在这几棵大树上栖息了许多年。树叫铁匠树，原是一种生长极其缓慢的珍稀树种。碗口粗细的铁匠树据说都要生长上百年。眼下，这几棵树的树围都超过1米，至少也生长了上千年。

院子里有一位已经去世的老人，爱鸟护鸟一辈子。老人在世的时候，总是反复告诫家人和村民不能伤害青桩，说青桩是村庄的福气。老人最爱看青桩们清晨觅食、傍晚归巢的情景，那关切的神情仿佛是在呵护自己的孩子。主人说，老人只要看到觊觎青桩的猎手，是要大声责骂的。一来二去，知道老人爱鸟成癖，远近的猎手都要绕道而走。老人俨然成了青桩们的保护神。

有一年夏天，正是青桩育雏季节，村里来了一群身挂长枪短炮的摄影爱好者。为了拍摄鸟群翔集的情景，一个性急的朋友准备放鞭炮把青桩惊飞，此时领路的老人原本和善的脸立即黑了下来，正要发火，同行其他朋友听说了老人的故事，立即制止了这个荒唐行为。一群摄影家耐心地守候了整整一天，才拍到满意的照片，最后受到了老人的热情款待。席间，老人说出了青桩正在育雏、最怕人惊扰的缘故，说得那位朋友惭愧不已。

一晃老人已经去世多年，麦坪这个偏僻宁静的村庄，常年栖息的青桩越来越多。村民们在溪边浣衣，青桩在旁边涉水捕鱼；村民们在田间插秧，青桩在田间啄食田螺泥鳅。春去秋来，青桩们往来迁徙，如约而至，把这里当成它们栖息的乐园。当麦坪上空翱翔着它们雪白带灰的身影，响彻着它们悠扬鸣唱的时候，村民们知道，这些精灵般的鸟儿，早就是麦坪密不可分的一分子了。

　　麦坪，是谁取的这样一个充满诗意的名字？是世代在此居住的从前靠种麦为生的山民，还是那些走南闯北沿着这条茶马古道往来的商旅？麦坪地处川陕交界，西通汉中，本地的茶叶、药材等山货都要从此地经过。而今古道犹存，繁华不再，麦坪亦成为一个美丽的遐想。

　　匆匆走过这个炎热的夏天，因为青桩，因为铁匠树，让我记住了麦坪。朋友，麦坪村藏在陕南紫阳县境内、渚河上游的崇山峻岭中。而青桩，学名叫作苍鹭。

执着的虎耳草

　　虎耳草伸出了贪婪的触须，试图探索周围的世界。最初它只有几片绒叶，瑟瑟缩缩的像极了丑小鸭。叶面上有虎爪的纹路，凌乱地布满毛茸茸的叶片。虎耳，似乎不太像。不料刚几个月的工夫，就长满了一盆。蓊蓊郁郁，格外旺盛。

　　几年前，我从乡间采撷到它，说起来还真是偶遇。当时我们正在进行一场暴雨山洪灾害发生后的入户调查，在一间农户倒塌的屋旁，我发现了它的踪迹。在满目疮痍之间，岩石上一丛绿茸茸的叶片，在阳光下格外耀眼，显得十分顽强。我怦然心动，小心翼翼地把它捧在手心。从那时起，我就决心要留下它了。就这样，虎耳草奇迹般地出现在我的生活中。

　　有一段时光真是暗淡，仿佛处在生活的旋涡里，被不断地裹挟着前行。一切际遇都源于当初那个草率的决定。所以注定要陷入一段彷徨时期，付出的代价不可谓不高。有时从终日忙碌中小憩片刻，只要注视着案头上生机勃勃的虎耳草，似乎又燃起了希望。

　　追忆最早接触虎耳草，是读沈从文的《边城》，来自翠翠这个单纯的在风雨里长大的山妹子。翠翠在梦里见到了悬崖上的虎耳草。她捧着大把的虎耳草，仿佛听到了歌声。那歌声把她从梦里浮了起来……一大蓬一大蓬的虎耳草是一个朦胧的象征，是对幸福的希望吗？翠翠不知道，我自然也不知道。

我很珍惜与虎耳草的缘分。我把它从汉水边上的小镇，带到县城里，再也没有须臾分离。我很少花时间去照顾它，即使是若即若离地放在一个阴暗的角落里，它依然郁郁葱葱，体现着一种坚忍不拔的、十分乐观的精神。

虎耳草的繁殖方式十分奇特。虎耳草会悄然地长出触须，嫩红的触须不断地延伸，长到一定时期就会从触须顶端生出新的根和叶，这新的个体一旦遇到泥土，就会立刻扎根到新的环境安身立命；新的植株又不断地长出触须，再次寻找新的沃土。所以无论怎样艰苦的环境中，它始终不声不响地生长、开花，不断地分蘖，从一片叶子，长成一片森林。这种特性很像榕树，生命力是如此顽强。我把一盆安静的睡莲养在它旁边，很快地它就占据了睡莲的地盘。

渐渐地，我的虎耳草已经失去了朴实外表下掩藏的谦卑，处处体现了一种执着的狂野的勇气。它向着阳光、空气，奋力地争取生存的空间，我只好把它移栽到空地里。我不无感慨地道：虎耳草之所以突破一个又一个的藩篱，不满足做一个盆栽，不正是为了寻找那久违的自由吗？

虎耳草的学名非常奇妙，从拉丁语直译过来就是割岩者，因为虎耳草喜欢生长在背阴的山下及岩石裂缝处的缘故。年深月久，或许真的可以割开岩石也说不定！

据说凡是受到虎耳草花祝福而生的人耐性超强，能够持之以恒厚积薄发。那么，让我们多学习虎耳草精神，为人生增加一种熠熠发光的品质吧。

（刊于《文化周末》2019年5月10日）

水麻婆娑

水麻是一种逐水而生的植物，生命力很是顽强。只要长年有水汽的地方，就会看到它婆娑的身影。

在乡下，水麻几乎满山遍野都是，最寻常不过。故乡高山流水，溪河密布，其高山峡谷、悬崖峭壁、田间阡陌，自然也是水麻自由生长的地方。即使在人潮汹涌的小城里，也能从钢筋森林的间隙里的某个墙头上发现水麻的踪迹：横斜的疏影遮挡住刺目的阳光，投下一团阴凉。水麻多为丛生，枝条颀长，叶似桃叶，表面绿油油的，叶底却是白色。每当迎风吹过，叶片就凌乱如花了。

无论在流水潺潺的小溪边，还是在奔腾澎湃的大河旁，一丛丛水麻芃芃地生长着，枝叶婆娑，颇有临水照花的风度。在汉水边，它往往和芦苇生长在一起，让人想起"蒹葭苍苍，白露为霜；所谓伊人，在水一方"的美丽诗句，可惜芦苇可以入画、入诗，成为诗人画家的题材；水麻虽美，却没有被诗人画家所青睐，也许是它更普罗大众，让人熟视无睹吧。

入夏，水麻结出果实。果实繁密，色赤，状如珊瑚如玛瑙，可以食用。小时候曾经捋而食之以充饥，觉得甘美异常。

水麻和苎麻一样，不蔓不枝，亭亭直立。苎麻全身是宝，麻叶喂猪，苎麻皮可制作麻丝，可以织布。在乡下，常见的是把麻丝搓成麻线，用来纳鞋底。这种手工布鞋结实耐用，针脚纳出纹路。"临行密密缝，意恐迟迟归"，孩提时候，穿上一双母亲亲手纳的布鞋，是最能体会那浓浓的暖意的。

苎麻过去在故乡大量种植，好种易活，一种一大片，如同青纱帐。苎麻叶圆形，如掌大，和水麻的桃形叶不同，很容易分辨，成熟后剥皮晒干，俗称麻壳。苎麻、桐油、茶叶原为家乡三大经济作物，而今市场选择大力发展茶叶，苎麻、桐油渐渐落幕退场。偶尔在田间地头看到几株野生苎麻招摇，很是寥落。

每次看到水麻，我就想到苎麻。想到了荀子所说的"蓬生麻中，不扶自直；白沙在泥，与之俱黑"。比喻学习环境的重要性。不知道荀子是对苎麻有感而生的呢，还是对水麻呢？

写下这些关于水麻的文字，是因为水麻虽然普普通通，却始终能给人一种朝气蓬勃，又不失劲健洒脱的印象。

（刊于《安康日报》2021年8月6日）

栽洋芋的人

　　早春，冬雪未净，寒风犹存。巴山谷地多为山涧溪流，高山顶上反而平缓，土膏微润。时令正当正月，农人早早离开炙热的火塘，走进湿润的土地，在春风里栽洋芋去了。

　　天上还是春天的阴霾，山地一片苍茫。从山顶的坡地边缘往谷底望去，万千溪流仿佛丝丝缕缕的银绸子，飘忽而柔软。大地尚未苏醒呢，山歌号子还没有咿咿呀呀响起，锣鼓草也没有叮叮咚咚敲打起来。而农人们已经迫不及待地种下第一批种子。

　　此时此刻，栽洋芋这看似普通的活路就不经意间充满了仪式感。你看农人们三三两两走进地里，土地酥软得让人走路歪歪斜斜。他们把薅锄、板锄挥舞起来，叩击土壤。他们举起的农具，就像一个个坚实的"？"，真像一场别开生面的大地之问。冬地已经用角锄深翻过，远望平整的土地就像一幅粗犷的画布，正等着农人去落笔。一行行，一路路，先要用板锄打"窝"。"窝"这个词用得极妙，厚厚的土被子，不就是温暖的小窝吗？不信，那挥舞的锄头下面，一不小心就翻出了正在冬眠的蟾蜍，抑或蜷曲的蛇，懒懒地，一动不动。再大的动静也惊扰不了它们从冬天开始的美梦，它们梦到春天了吗？

土地不仅仅是小动物们的家，也将是种子的温床。精挑细选的留种的洋芋，其实是植物的块茎，此刻像变魔法似的，被农人切成不规则的洋芋块，而每块上至少要有一颗陷在眼窝里的嫩芽。农人给每个土窝里摁进一块洋芋，覆上肥料，再用薅锄盖土，就像母亲给孩子轻轻地盖上厚实的棉被。春风吹拂，哼着古老轻柔的摇篮曲。

洋芋，又名土豆，顾名思义，就是生长在土里的豆。本本分分的，像高山人的样子。洋芋的颜色，写在农人圆润饱满的脸上，也是新鲜健康的气色。洋芋是实实在在的庄稼、地地道道的粮食。一分耕耘就有一分收获。洋芋悄无声息地发芽、开花、结果，却把收获深藏土里。这点就像农人的秋收冬藏。农谚说"财不露白"，农人和洋芋就有一种天生相似的禀性。从某种意义上说，洋芋和农人是一对亲密的兄弟——谁也离不开谁，血肉相连的亲兄弟啊。

在大巴山，家乡的县志里曾这样记载先民们披荆斩棘、筚路蓝缕的艰难生活："住在老扒边，吃的蓝花烟，烤的疙瘩火，吃的洋芋果。"洋芋果即洋芋也。这就标明洋芋的外来身份，包含着翻山越岭、漂洋过海而来的记忆密码在里面。据考证，先民们都是明清之际从各处迁徙而来，在大巴山的荒山老林安家落户。他们带来了各地的先进技术，同时携带了优质的粮食种子，其中就有洋芋。先民们和洋芋一样落地开花，繁衍生息，昔日森林密布、猛兽横行的大巴山从此有了人烟。山里人习惯把外来东西冠以"洋"字，洋火（火柴）、洋铲（铁铲）、洋糖（糖果）。这就好比玄奘西行取经，一路被称为唐僧一样，一个"唐"字，标注了他的国籍。这种大山里面的幽默，延伸到对老实人的戏称——洋芋脑壳！有人以为这是贬义，而在和洋芋相依为命的山里人看来，这恰巧是一种褒奖，说明你已拥有洋芋诚实纯朴的美德。

农家日常，人们用新鲜的洋芋，切成薄片，缕成细丝，加上葱姜蒜，添入酸辣椒丝，就成了一道经典特色小菜，百吃不厌。而且乡宴上必备的一道菜、红白酒席上最后的一道菜必然是洋芋丝！它的出现宣告菜已全部上齐，提醒客人这轮酒席即将结束，该下一轮客人上席了。人们把略煮熟的洋芋晒干，制成干洋芋丝、洋芋片、洋芋果，佐以腊肉入菜，吃起来别有一番风味；人们还把洋芋打成粉，挂成粉丝，吃法千变万化，层出不穷。最简单也最让人回味的，莫过于烧洋芋。火塘里埋上洋芋，偎上火炭，用不了多久香味就会飘出，取出洋芋，拍去灰，剥掉皮，迫不及待地咬上几口，真香啊。饥肠辘辘时分，足以果腹。

恍惚之中，我仿佛看到凡·高的名作《吃洋芋的人》。整个画面呈洋芋色。画面正中，在昏黄的灯光下，一家人虔诚地吃着洋芋，我记住了他们注视洋芋时那感恩的目光。而这样的劳动场景又让我想起米勒的《拾穗者》。前者是对食物的感恩，后者是对劳动者本身的一种赞美。

哦，在大巴山，"晨兴理荒秽，戴月荷锄归"的劳动景象还经常上演，特别是在栽洋芋的大好时节。现在，栽洋芋虽然不是高山人家生产生活的必需，但是它烙在农人的劳动记忆中，成为一种精神上的反哺。它赋予农人以庄严的仪式感，以此徐徐拉开春种秋收的生命序幕。让我们去感恩洋芋吧，尤其是这些栽洋芋的人！

（刊于《安康文学》2021年夏季刊）

洋 丁 丁

蜻蜓，俗谓"洋丁丁"，颇有些古怪。当地有一首童谣："洋丁丁，飞上房。不杀猪，不杀羊。杀你老子过端阳。"此多在孩子们互相怒怼时才高声念出。蜻蜓入夏时最多，常常是阵雨前后，河面上低飞着成群的蜻蜓。它们迅疾地点水，有时一只蜻蜓驮着另一只，行动稍微迟缓；有时就停息在河岸边。蜻蜓多为麻黑色，翅膀很大，一旦被抓住，翅膀拍打非常有力，巨大的口器咬起人来特别疼。孩子们更喜欢捉红蜻蜓。它身材娇小，并不怕人，喜欢停栖在人的头上或肩上。一有动静就迅疾飞走，远远地停在电线上或者墙头上。

洋丁丁在我老家特别多见。

我老家紫阳县瓦房店，是一条依山面水的长街。蜿蜒有二三里长。任河穿山而来，河水清澈透亮。河里泊着南来北往的船。河岸边是高低错落的吊脚楼。推开每一户的窗棂，那青黛的山影就扑面而来，粼粼的波光也常常映入凭栏人的眼中，于是浸入了一抹水色。

小镇西头，有两棵古老的皂荚树。树是相当苍老了，已有合抱粗细。它们从街边的乱石之中挤出来，擎着团团绿云遮盖了大半个街面。夏日里树底下和风习习，成为纳凉的好地方，人们三五成群在一起摆龙门阵，看舟楫来来往往，渔人悠然布网，孩子们在水中嬉戏，一阵阵鱼群穿梭而过……这时往往从浓密的树枝间，袅袅地垂下一条条细丝，参差披拂。细丝的尽头悬着一只青色小虫，在微风里飘荡，落在人身上或者地面上。青虫一旦着陆，就迅速地一曲一伸，把身子弓成一个"几"字。这就是抻筋虫。人们喜欢捉弄它，捉住它放在手背上，看它从手背爬到指尖，又翻过手掌继续一弓一弓前行。孩子们见了十分着迷。而远处的树叶间悬垂的青虫也能顺着银丝攀缘而上，依然是一曲一伸，渐渐地消失在树叶和荚果之间，隐藏起来。

夏日黄昏，小镇长街寂静下来，而天空尚明。蝙蝠从各处飞出，在空中飞翔，一边飞，一边吱吱地叫。这时夕阳返照，屋瓦黛然，层层叠叠。高大的石砌马头墙上，依稀可以发现蝙蝠的洞穴。它们从洞口爬出，褐色的身子攀缘在墙皮上，显得十分笨拙，而一旦打开双翼飞翔起来，就显得非常灵巧。它们在空中自由地追逐黄昏中乱飞的昆虫。奇怪，每次清晨在高墙下总能发现几只坠地的蝙蝠，大腹便便，笨拙地爬行着。每当此时，祖父就指着它们老鼠似的模样，对我们说："瞧！这是盐老鼠儿，它偷盐吃呢。"——相传有人在家中盐罐旁边发现它们的踪迹。我当年很希望在自家的盐罐旁发现一只正在偷盐吃的蝙蝠，然而从来没有。因此，倒觉得它们是被人冤枉的。

任河边还有一种墨绿色翅膀的豆娘，翅膀忽闪忽闪地，沿着河边慢慢地飞。休憩的时候，翅膀竖立在背上，翠绿的身体特别纤细，于是脑袋上的绿眼睛就显得特别大，十分呆萌。整个夏季都可以发现蜻蜓的影子，但是不知怎的，端午时节对蜻蜓的印象尤为深刻，也许是那首莫名其妙的童谣的缘故吧。

多年以后，和孩子一起去河边钓鱼，从水底捞起过水虿。它暗绿色，全身盔甲变形金刚似的模样，十分凶猛。孩子问："这是什么?"

"这是水虿，蜻蜓的幼虫。"

"嘻嘻，蜻蜓小时候是这个模样啊!"

（刊于《安康日报》2020年7月1日）

村　路

"我最大心愿就是修通这条路！"

这是2014年夏季，我第一次入户走访时，站在炎炎烈日下，老孙急切地对我说的。身旁的坡地里稀疏的茶带间套种的苞谷，顽强地长成了一片林。不远处有一座老旧的土房子，是老孙的家，房子年久失修破败不堪。走进房屋，老孙知道我们走了七八里山路，递给我们一瓶啤酒解渴，见我们婉拒，又赶紧催促老伴烧开水。

老孙说："这里是东木镇三官堂村一组，小地名枣树垭，距离村委会有十几里。由于不通公路，生活用品都是从邻村买的。我用3年时间，挖了一条通焕古镇刘家河村的便道，可以过三轮车。"

我不禁对这个瘦小的老汉肃然起敬，提出要看看他修的路。出门向东，果然看见一条宽两米左右的便道，路面比较平整，车辙的痕迹一直蜿蜒盘旋到了邻村路上。

"我们这里种子、化肥都是从刘家河买的，人家可以用摩托车和三轮车送。而我们村就不行，每年茶叶都是刘家河村的商贩来收购的，价钱被压得很低，钱都让商贩赚了。"老孙无奈地说。

在接下来的交谈中我了解到，老孙今年六十多岁了，和老伴一起带着一个孙子生活。儿子在外务工。制约他们发展的主要是交通不便。要是有一条通村路，沟通三官堂村和刘家河村，到县城可以节省20公里。家里出产的农产品就能换成钱了！

村里人都说老孙是个倔老汉，他拖着病体，披星戴月，半夜三更修路，坚持要把路修到村里！一组人户本来就少，青壮年劳力大都外出务工去了，只有老孙孤独地坚持着，他是坚持着全村人的梦想啊！

是啊，三官堂村距离县城50公里，是全县比较偏远的山村，交通落后一直是影响村子发展的短板。解决村路问题，也就是实现脱贫致富梦想的一个切入点。在接下来的工作中，我和驻村工作队一起，把这条路写进规划里，落实到行动中。

我们走访了全部贫困户，熟悉了每一家的基本情况，了解各家各户不同的致贫原因和困难。喝过了农家水，吃过了农家饭，渐渐互相熟悉起来。我们逐渐明白了"第一书记"是一种使命、一种担当、一种奉献。驻村干部与群众是鱼和水的关系，上不能辜负组织重托，下不能辜负群众期盼。

后来，我又多次到老孙家走访，老孙都要问起通村路的问题，问路什么时候能开始动工，说他好继续出力。可他的身体老毛病常犯，又怕心有余而力不足。说完了还让我看他自制的一辆三轮车，木制的车厢，用耕地机做牵引，只是不知道什么时候才能开到村里去。

我安慰他说已经和村"两委会"商议决定修路了，目前正在规划路线，筹措资金。老孙露出了满意的笑容。谁料，2015年春节期间，老孙因积劳成疾去世了，儿子把他安葬在他修的

113

便道旁边。没能看到村路修通，竟成为老孙的遗憾。

秋季里，随着挖掘机的轰鸣声，一条五米宽的通村路开工了。公路平坦舒缓地延伸到枣树垭，通向刘家河村。每一个经过老孙墓前的人，都会叹惋不已。老孙虽然没有墓碑，但口碑已经开始流传。

就在这一年里，村里的安置点修建起来了，三幢大楼拔地而起；村里制定了村规民约，开展了乡风文明活动；村里制定了产业发展帮扶奖励措施，帮助贫困户发展产业，老孙的儿子回到家中栽种下了20亩丰产密植茶园……这是老孙所不知道的。

我讲述老孙和一条村路的故事，是想告诉和我一样奋战在脱贫攻坚一线的第一书记们：战斗的号角已经吹响，群众需要我们，与其在温室里成长，不如在广阔的天地里大显身手！

风来厚朴香

作家叶广芩的小说《黄连厚朴》，以两味传统的中药材为题，用药理妙喻人生，揭示了深刻的人生主题。其中"黄连清火，厚朴祛湿"，二者功效相反，却相辅相成，全在医家方寸之间妙用。

书中提到的厚朴是我国特有的珍贵树种，属国家Ⅱ级重点保护野生植物，它的树皮、根皮、花、种子及芽皆可入药。历史上，紫阳县是厚朴的主要产地之一，有着悠久的采集种植历史。

秦巴山区有生物资源6000余种，中草药资源1500种以上，占全省总数的三分之二以上，素有"生物基因库""天然药库"的美称。而其中身处汉水流域的紫阳，更具有得天独厚的自然条件，有着丰富的药材资源，早在汉代，就被皇室尊为"仙家药苑"。

据不完全统计，紫阳境内有中药材400余种，其中厚朴为大宗，1963年，紫阳挂牌收购的厚朴达46吨之多。紫阳中高山皆生厚朴，其中天然生长在海拔1000米以上的次生林厚朴，又被称作姜朴，质量最佳。

紫阳历代名医辈出，清代以后涌现出不少中医世家。他们悬壶济世，享有很高的声誉。民国以降，有名的中医达三十多人，均各有专长，医术精湛。当然，这和紫阳丰富的药材资源是密不可分的。

厚朴为喜光的中生性树种，生于海拔300~1500米的山地林间，幼龄期需荫蔽；喜凉爽、湿润、多云雾、相对湿度大的气候环境。厚朴在土层深厚、肥沃、疏松、腐殖质丰富、排水良好的微酸性或中性土壤上生长较好，常混生于落叶阔叶林内，或生于常绿阔叶林缘。

厚朴为落叶乔木，高可达20米，树皮厚，褐色，不开裂；小枝粗壮，淡黄色或灰黄色；叶大，近革质，7~9片聚生于枝端，长圆状倒卵形；花白色，径10~15厘米，芳香硕大如广玉兰花；雄蕊约72枚，红色，雌蕊群椭圆状卵圆形；聚合果长圆状卵圆形；种子三角状倒卵形。花期5~6月，果期8~10月。

紫阳人历来有种植中药材的习惯。自古以来，经过劳动人民的艰辛努力，厚朴、杜仲、黄檗、大黄、党参、陈皮、吴茱萸、半夏等成为本县驰名的中药材，因此形成了洞河、瓦房店、县城三个中药材集散中心，沿汉江、任河，自然形成了药材购销网，远至武汉、华南。民国期间，安康较著名的居宜生、杨庆和、赖恒太、三宜里等药栈每年会派人驻收药材。

紫阳药材除大宗外销，紫阳境内各药店还制售部分中成药，如六味地黄丸、藿香丸、六一散、通耳散、拔毒膏等，由于采用了厚朴等优质中药材，药效显著，惠及了广大百姓。

《黄连厚朴》中的龚老爷子写过副对联，"雪过黄连淡，风来厚朴香"，说黄连、厚朴两味药乃中医看家之药，恰如日常生活中的白菜、萝卜，是为炊必不可少的。黄连苦寒，泻心除痔，清热明眸，厚肠止痢；厚朴苦温，消胀泻满，痰气泻痢，其功不缓。二者味虽都有泻的功能，药性却不同。黄连独用其气，厚朴专用其味；黄连降火，使气能通其自升；厚朴升阳则欲其自降。看来，黄连厚朴也包含了深厚的文化因子啊。

甜 水 井

老房子像父亲那样遮风挡雨，甜水井则如母亲用乳汁哺育儿女。儿女们长大了，像鸟离开了巢。但无论走到哪里，故乡犹如枝繁叶茂的大树，种子走遍千山万水生根发芽，根系总一直延伸到那眼甜水井。

当父亲把太阳背回家，母亲在火塘边唱起歌谣，铁鼎罐里的岁月也煮熟了。父亲大口大口地喝汤，汤里面的腊肉真香。母亲说那是甜水井的功劳，哪家能离开它的滋润呢。

母亲用绵密的针线缝一路山高水长。儿女们把一颗颗心寄回家。儿子说，我想吃甜水井旁那棵树上的核桃了，今年结果没有？女儿说，我想喝甜水井里的凉水了，真凉真甜。

母亲却把思念酿成一坛老酒，用甜水井里的凉水，蒸煮成故乡苞谷烧的醇香。父亲等到家人团聚时分，痛痛快快地畅饮一场。

（刊于《呼和浩特日报》2013年6月24日）

学思篇

第二辑

走 敦 煌

久在山里住，就是山里人。山里人的最大特点是有了山的禀赋，坚韧伟岸如山，随物赋形如水。一有了山水情怀，不免似井底之蛙，散淡恬静如此，故步自封如此。往往要登临最高的山峰，去开阔开阔眼界，舒张舒张胸怀。一个偶然的机会，行走了一遍敦煌，体味尤其深刻。

敦煌是古丝绸之路上的西域门户。只有身处敦煌，方能体会到行走在天地间的豪情。人常说不到西域，不能感受到人之伟大，原因是天苍苍，野茫茫，宇宙寥廓，人也心生豪迈；同样，不到西域，也不能感受人之渺小，天高地迥，宇宙无穷，人如沧海一粟，徒生无限悲壮。不错，西域于我最初的印象，是一种壮美。耳边仿佛萦绕起羌笛。羌笛，就是西域的音色！羌笛羯鼓铁马金戈无疑渲染了西域的悲壮。从敦煌归来快一年多，从纷繁杂沓的印象中筛选出来的，也只有一条河、一座城而已。

我们乘坐夜行的火车逶迤西行，沿兰新线穿越古老的河套地区，在兰州邂逅了黄河。初遇时我浑身血液仿佛在瞬间凝固，黄河就这样突如其来，又如久别重逢。

披上早晨从地平线上一跃而出的太阳霞光。沙漠日出的明亮光芒如麦芒刺痛肌肤，风，干干的，大地雄健安详。人的豪放是与生俱来的。在漫山遍野的粗犷中，敦煌犹如一尊精美的青铜器，虽然锈迹斑斑，但依然焕发出幽远的柔情。在敦煌，独特的自然风光与悠久的人文历史犹如一枚银币的两面，如此惊艳地结合起来。

在广袤的空间里茫然四顾，心中念叨着一个从前行走敦煌的人。他曾赋予敦煌更多的人文关怀，他上下求索，寻访那些在神州大地上特立独行的伟大人格，及其多舛的命运。其寻觅踪迹注定是一次文化苦旅。他，是余秋雨。月牙泉和鸣沙山是非去不可的，当年余秋雨先生至此，留下了《沙原隐泉》的篇章。当我们跨上驯服的骆驼，缓行在沙丘之上，方信所言不虚。鸣沙山乃一座沙山，细细的黄沙经过风的吹拂，不断堆积而成；月牙泉，始终如一弯新月，在沙漠中奇迹般存在了千百年。大自然的馈赠是如此慷慨，如此鬼斧神工。

另一个地方是举世闻名的莫高窟，被誉为东方的艺术宝库。敦煌号称"世界的敦煌"，皆因为有此。余氏看完了飞天，看了壁画，在《莫高窟》里细细梳理文化血脉的延续历程。在对莫高窟精深博大的文化艺术赞叹之后，他又留下一篇发人深思的《道士塔》——把敦煌壁画的遭遇联系到文化历史的传承与保护的层面上，可见其构思之不凡。王道士发现了藏经洞，却被狡猾的外国传教士整箱整箱地骗走，我们凭什么去怪罪一个愚昧无知的道士呢，一个连国土和人民都无法保护的国家，遑论保护文化？！余氏幽幽叹息道，这些国之瑰宝现在完好地保存在世界各大博物馆中，就文化而言，到底是幸还是不幸呢？

继续追随余秋雨的脚步，当年，他依稀是在风雪中踉踉跄跄地奔往阳关的，天上彤云密布，他的心情也格外凝重。而我们去时，恰逢秋高气爽的最佳季节。驱车沿敦煌西南行七十余公里，就到了阳关博物馆。见到了他曾驻足的阳关烽燧，那是一座孤零零的严重风化的土墩，却依然挺立在广袤的天地间，无声地述说着千年的沧桑。独立西风残照里，看烽燧西指，就是当年漫漫的丝绸之路古道，依稀听到驼铃声声，羌笛呜咽，似有还无。往事如烟如尘，徒留千年一叹。蓦然想起陈子昂的诗："前不见古人，后不见来者，念天地之悠悠，独怆然而涕下。"竟然如此契合当时心境。

行走在敦煌，恰如匆匆的过客。

（刊于《铜陵日报》2013年3月20日，《秦都》文学双月刊2013年第2期）

阳关烽燧

敦煌是丝绸之路上的绝唱,是汉唐之际的边塞之地。出敦煌就进入了神秘辽阔的西域。所以,千年之后,邂逅敦煌,还能感受到扑面而来的苍凉和古朴。飞机在广袤无垠的戈壁上空划过,须臾之间缩短了几千公里的距离。当你还没有回过神来,耳边就似乎响起鹰的长啸、驼铃的清脆。

当然这是幻觉,在敦煌宁静宽阔的街道上,行走的是衣着时髦的男女,随处可见的是飞天雕塑,形象优美,千姿百态,尤以反弹琵琶的飞天最为著名。飞天是闻名世界的艺术形象,来自被誉为世界艺术宝库之一的莫高窟壁画。敦煌吸引四方游客的,还有一个著名的地方,当为月牙泉。很多人慕名前往敦煌,一是懂艺术的去莫高窟朝圣;二是欣赏鸣沙山下的月牙泉。去这两处的游客占了绝大多数。而怀思古之幽情的,就直接去了阳关和玉门关。

由于时间紧张,我们只去了阳关。阳关烽燧是焊接现实与古今的一个点。没有这个日渐风化的土墩,"古道西风瘦马"无从想象。它犹如一座穿越时空的灯塔,纵有千古,横有八荒。

站在猎猎西风里,残阳如血,仿佛穿越到了烽火连天,金戈铁马的古战场。是谁又吹起了呜咽的羌笛,更让人思绪翻飞,热血沸腾。一瞬间,天地是何其广大,岁月是何其悠久。唯有人生何其短暂,一座寻常不过的烽燧,也在大地上挺立了数千年!

阳关,用今人的眼光来看,不仅仅是一座边关,不仅仅是一座驿站,而是丝绸之路上一座文化丰碑。在阳关,并没有巍峨坚固的城郭。它最有利的武器是水,是食物。数千年之前,守水为城的智慧与胆量让我们折服。

耸立的阳关博物馆帮我们构建了直观的想象。张骞持节出使西域的雕像更让人肃然起敬。当他用一腔热血出生入死打通西域通道的时候,大汉的雄风就徐徐吹出边关,西域三十六国,从此就打开了通往中华文明的大门,通过西域,东西方文明开始了真正意义上的交流与碰撞。从某种意义上来说,张骞也是一座不朽的烽燧。

烽燧俗称烽火台。白日举狼烟为烽,夜晚放火为燧。李颀的《古从军行》里写道"白日登山望烽火,黄昏饮马傍交河。"统治者的穷兵黩武,给下层百姓带来了巨大的灾难,由此产生了中国历史上独有的征夫思妇文化。那流传下来的千古名篇,字字都是血泪。"羌笛何须怨杨柳,春风不度玉门关。"不仅写出了边塞远离中原的苦寂,也写出了统治者的薄情。唯有王维的一句"劝君更尽一杯酒,西出阳关无故人",充满温情而流传千古。

玉门关、阳关俱在敦煌,一关在北,一关在南,两关遥遥,已守望了千年。

(刊于《劳动者报》2014年11月13日)

在敦煌遇见夜光杯

从敦煌回家带了两件东西，一是夜光杯，一是大的布骆驼。夜光杯送给爱喝酒的父亲，布骆驼就送给了一岁的儿子。一家老小都欢喜异常，儿子翻身骑在骆驼背上，手舞足蹈；父亲满满斟上一杯好酒，细细品味，反复把玩杯子。

敦煌，犹如漫漫黄沙中掩埋千年的一尊精美青铜器，在大西北粗犷的荒凉中，被精心呵护着的一缕温情。记得初遇月牙泉边，曾为黄沙中珍藏的一泓清清浅浅的泉水而欢呼：这是天地间的大爱、大自然慷慨的馈赠啊！当西风劲吹，泉边丛生的芦苇、星星点点的罗布麻婆娑摇曳，不觉间感恩敬畏之心油然而生。鸣沙山上，有人骑着骆驼缓缓前进，驼铃悠扬。在夕阳的余晖中，沙山勾勒出柔美的线条，投下巨大的阴影，人和骆驼的剪影非常美。朋友邀请我去骑骆驼，体验一把沙漠之舟的感觉，我婉拒了，不知怎的，我想起了在黄河边上乘坐的羊皮筏子。这样一些浮光掠影般的体验，能读懂生活的真谛吗？于是，在离开景区时，我买下了这只憨态可掬的布骆驼。

敦煌夜市里，人流熙熙攘攘。我没发现期待中的西域歌舞，但从街头随处可见的飞天雕塑中、手工艺人制作的敦煌木版画里，读到了浓郁的西域风情。我的目光被小摊上一些墨绿色的石头杯子所吸引，热情的摊主介绍说这是夜光杯。大惊，难道这就是传说中价值连城的夜光杯？摊主诚恳地解释：夜光杯取材于当地出产的一种"萤石"。其墨绿似玉，最适合雕琢成酒杯。酒杯斟满酒后，在月色微光中，会隐隐发光，这就是所谓的夜光杯了。因为它的产量很大，所以价格也相对便宜。已不是传说里的华贵珍玩，当是人人买得起的寻常之物。

敦煌地处西域门户，南北据有阳关、玉门关，是古凉州所在地。当地盛产水果，李广杏、人参果、阳关葡萄等都是著名特产。王翰的《凉州词》中真实的边塞生活写照，穿越千年时空，让我这样一个匆匆过客真真切切地感受到了。所以，临行时，我特意挑选购买了两只夜光杯，以作纪念。

(刊于《上海老年报》2013年9月10日)

新 马 说

我一直喜欢马,尽管我很少见到马。我所生活的地方山高水深,溪河密布,桥多船多,马派不上用场。常常见到的景象是:日之夕矣,牛羊下来。傍晚时分,山民们踏着浓浓暮色,纷纷赶着牛羊回家。

我认识一个猎人。他过惯了上山打猎、下河捕鱼的放浪生活,经常骑着一匹驽马打野兔。傍晚或者清晨,他打猎归来,马铃铛一路脆响,马鞍边挂七八只肥兔,气概英武。可后来他因醉酒失手打伤了人,坐了十年牢。从监狱出来后他继续以打鱼为生,再没有骑马打猎,人也少了许多精神。现如今年过七十,已头发花白。谈到马,眼神依然犀利。

我一直希望能到草原上走走,能到海边看看。心想着能骑上一匹快马,纵横驰骋一番。我有这个愿望,说明我原本有一颗狂野的心一直潜伏在平静的外表之下。直到读到诗人李贺的《马》:"大漠沙如雪,燕山月似钩。何当金络脑,快走踏清秋。"郁郁不平之气横塞满纸,才明白马的身上,被人类寄托了很多东西。

马是俊美的动物。古代英雄都离不开名马。项羽的坐骑是乌骓。他兵败垓下的时候最放不下的就是虞姬和乌骓马;三国时,"人中吕布,马中赤兔"将人与马并称,相得益彰。赤兔马后来归了关云长,与青龙偃月刀一起,成为关公的撒手锏。名马是男人的利器,是一种身份象征。譬如现代的名车,但已经和马相去甚远。

韩愈的《马说》,似乎谈了一个很让人纠结的问题,是先有伯乐,还是先有千里马呢。这和鸡生蛋还是蛋生鸡的争论差不多。"世有伯乐,而后有千里马,千里马常有,而伯乐不常有。"观点就很暧昧,等于没说。但有一点是肯定的,"马说"实际上是"人说"。人才容易埋没,古往今来都不是新鲜事。韩愈的论据是一匹老马拉着沉重的盐车,在冰天雪地里挣扎,巧遇伯乐,伯乐发现它是一匹千里马,十分痛惜。此时老马得遇知音,不禁悲鸣不已,声闻于天。

多年以后,我又读到作家周涛的《巩乃斯的马》一文。他在文章开篇用调侃的笔法谈到对不爱马的人的偏见,再以雄健的笔法浓墨重彩地描绘了巩乃斯河边马群转场时千军万马、气势磅礴的宏大场面,读后让人久久不忘。现摘录一段以飨读者:"雄浑的马蹄声在大地奏出鼓点,悲怆苍劲的嘶鸣、叫喊在拥挤的空间碰撞、飞溅,划出一条条不规则的曲线,扭住、缠住在漫天雨网,和雷声雨声交织成惊魂动魄的大舞台。而这一切,得在飞速移动中展现,几分钟后,马群消失,暴雨停歇,你再也看不见了……"

最后以李贺的《马》小结:"此马非凡马,房星本是星。向前敲瘦骨,犹自带铜声!"

这就是豪放不羁的龙马精神!马年吉祥!

钓鱼的玄机

钓鱼本是一种原始的生产方式，现代演变成一种时尚的户外运动，追本溯源更像是一种古老的行为艺术。

原始社会，采集渔猎是人类首先掌握的生存本领。上古歌谣里唱道："断竹，续竹，飞土，逐肉。"生动地再现了打猎的场景。半坡遗址出土了骨质鱼钩，皆能说明钓鱼历史之悠久。

随着生产力进步，钓鱼从生产中剥离，演化成为一种形而上的行为艺术，与隐士结下不解之缘。像唐人张志和的那首："西塞山前白鹭飞，桃花流水鳜鱼肥。青箬笠、绿蓑衣，斜风细雨不须归。"就极言垂钓之乐。隐士为什么几乎都热衷于钓鱼这种生活秀呢？自然大有来头。

史上最牛的行为艺术家当属商周时期的著名政治家姜尚（又名姜子牙、太公望）。老头儿活到七十多岁了，依然怀才不遇。于是想了个主意到渭水垂钓。偏偏不用鱼饵，也不用弯钩，而用一根直直的针。这样的鱼钩能钓鱼吗？但老头儿不管。口里还念念有词："愿者鱼儿上钩来，大的不上小的上。"老百姓看着稀奇，就一传十十传百地让周文王知道了，文王便礼贤下士亲自来请。老头儿摆足了架子，让一国之君为他扶车。一时间人气飙升，迅速走红全国。总算后来开创了兴周八百年的丰功伟绩，让后人无可厚非。姜太公的做法，虽然明显带有兵家惯用权谋的嫌疑，出奇制胜用心良苦。但出发点是为苍生社稷计，不失为一次成功的自我营销术。因此，当仁不让地成为将钓鱼上升为行为艺术的第一人。

其次是东汉时期的严光（字子陵），打小和刘秀相识。刘秀发迹做了皇帝后，多次征召他不至。隐居在风景如画的富春江边做了一名钓徒，甘老于林泉之下，表明了不与当权者同流合污的立场。一不小心却成了不慕权贵逍遥自适的高标风范。严子陵钓台可以说是天底下最具文化底蕴的钓鱼遗址。千百年来文人粉丝凭吊不绝，表面上追慕古人，其实是寄托人生失意的无奈之举。

隆冬飞雪时节，突然想起柳宗元的《江雪》："千山鸟飞绝，万径人踪灭。孤舟蓑笠翁，独钓寒江雪。"一种寂寞情怀油然而生。柳子厚钓鱼，则钓出了另一番人生境界。他抒发了深沉的人生感叹。读书人达不能兼济天下，穷不能独善其身，其郁郁之情可知。

纵横千古，世上更多是沽名钓誉之徒、钩心斗角之辈。乐于走终南捷径，放长线钓大鱼。从钓金龟婿，升级到钓鱼执法；从王莽到袁世凯，盯的都是位子，抓的都是票子，想的都是女子。泥沙俱下，不一而足。

呜呼，庄子所言"大人物钓天下，小人物只钓鱼"，仅仅一个"只"字，就能让人玩味再三啊。不如我辈与二三友人，月白风清，夜钓于江湖之中。耳闻天籁之音，目观清净之景。在于钓，而不在于鱼，不亦乐乎？

青衣蝈蝈

篱外盛开的白菊花上,我意外地发现一只青衣蝈蝈。

捉回去就用纸盒为它做了小巢。掐了些带露的青草或葱叶喂它,它小心翼翼地吃饱之后就在巢里跳跃,叮叮咚咚给我增添了不少乐趣。

遗憾的是从未听到它歌唱。要是在夏夜,没准伏在南瓜花上悠然地唱呢,歌声如飘浮的暗香忽浓忽淡。

然而好景不长,它很快就病恹恹的了,也许秋露太冷太重吧,它翠绿的薄翼不敌深秋的严寒,生命火焰逐渐微弱,身体开始泛出红色,像红透的枫叶。

我知道是我的溺爱加速了它的死亡。

我让它生活在黑暗狭小的巢里,没有鲜花的芬芳,也没有阳光的温暖。只是让它慰藉一个人的寂寞,这不是我的自私在作祟吗?我无法原谅自己。

尽管有许多可爱的小生命已经成为人们私心的殉葬品。但是,这能作为我逃脱良心谴责的理由吗?

我吟哦顾城的《远与近》里的诗句,作为青衣蝈蝈的挽歌:

你

一会儿看我

一会儿看云
我觉得
你看我时很远
你看云时很近

　　人们如果没有勇气冲破这种障碍，那么人与人之间将永远是"两只耳朵的距离"。
　　这是一种深刻的悲哀。

　　　　　　（刊于《劳动午报》2013年3月4日15版）

猎　人

苍茫的大巴山矗立在月亮底下，遍体银光，庄严肃穆。脚下的汉水，碧波荡漾、浩渺无边。一条小河从深山迤逦而来，河口泊着一只小船。

船里的人没睡，一个农家少年钻出船舱解开缆绳，船尾的人一点竹篙，波的一声船儿离岸。

一圈圈涟漪迅速荡开，小船哗哗地驰向下游。

江月照亮了船尾，一个身材魁伟的汉子背着一杆猎枪，在用力地划桨，船像劈开水面的飞鱼一般。

船头沉默的少年开口了，担心地问，"叔，他们会追上来吗？"

"会的，"猎人回答，"这些狗东西。"浓眉下一脸怒色。

少年陷入沉思，想起了娘。临行时娘流着泪说："孩子，快跟你叔走吧，要不人家就要撵上来了。"

他想不通为啥人心这样黑：你村长的娃子没有考上学，就眼红人家的娃子考上。

猎人受不了悲怆的场面，焦躁地提起猎枪，沉喝一声："走，看他有几颗熊胆！"

他卷起包裹出了家门。想到将要离开熟悉的山村，离开慈爱的双亲，他心里酸酸的，忍不住落了泪。娘还在家门前的李子树下遥望呢吧？

这时猎人紧锁眉头，思忖如何应付最坏的状况。

他瞅着猎枪，宛如怀抱里心爱的婴儿。已经有几百只野物倒毙在他的枪口下啦，有一次还遇上了豹子。他的脑海里瞬间浮现出当时与豹子搏斗的惊险场景，那豹子身上是斑斓的皮毛。那一次他差点丢掉半条命。

想到这儿，他的心微微颤动起来，背后仿佛有一双闪烁不定的眼睛，一股浓重的寒意传遍全身。

他很奇怪自己为什么对这孩子如此关切，也许因孩子的家境和遭遇引起了他的同情，也许是孩子的性格和他一样坚毅顽强？他说不清楚，心里一阵苦笑，又是一阵诅咒。

当他听说村长准备阻挠孩子上学，还准备教训人的时候，浑身的血液像酒遇了火一样燃烧起来。马上到了孩子家说要送他上学。猎人天生豪气勃发。

哗哗哗，两岸青山飞也似的后退，大巴山如巨人高高耸立，掬捧着一江柔和的月色。山鸟啾啾，雪浪花在船头奔逐，铺一路细碎银光。孩子憧憬着城市里的学校。

蓦然从船尾传来急促的划水声。

"叔，他们追上来了！"

猎人暗骂一声，叫孩子来划船，从肩头摘下枪，拎在手里猫腰出了舱门，稳稳地伫立在船头。

"好！"孩子打心眼里称赞，对猎人崇拜极了。

风呼啸着，一伙人的吆喝声划破深沉的夜空，其中有人发出了一声野狼似的嗥叫，一听就是那妒火焚烧的村长的。

上游的船离他们只有几十米远了，猎人一语不发地端起猎枪,乌蓝的枪口直指月亮,怒放一枪,只见火光一闪,江面上如滚过一阵惊雷。

这一枪是有意给的警告。上游的船立刻滞缓下来,显然枪声震慑得这伙人心胆俱裂。他们灰溜溜地钻入船舱,掉转船头,哗哗哗向上游去了。

猎人持枪伫立一会儿,转身说:"你来。"

孩子把桨交给猎人,接过枪。心中一块石头终于落地,默然升腾了一个愿望。

天空渐渐浸出一片绯红的曙色,月儿慢慢隐没。远方的城市此时已经勾勒出灰色的轮廓。

玫 瑰 塬

多年以前我送别一个朋友上火车,他最后眺望了一眼汉水两岸的青山绿水,目光迷离充满了难以诉说的忧伤。

"北方,我的家乡……"他呢喃着,恍然大悟地从一本书中取出一朵花,从窗口递给我,"玫瑰!"我低声惊呼。他微笑起来很耐看,我们不是恋人,他用这朵白玫瑰表达纯真的友谊。我贪婪地嗅着,青玉色的花瓣簇拥着嫩黄的花蕊,星星一样闪着弧光。"喜欢吗?我老家漫山遍野都是这玩意儿。"他满不在乎地说,我有些不大相信,这家伙爱吹牛。"不信,到我们塬上去吧,让你看个饱!"他很诚恳。这时汽笛长鸣,火车缓缓开动了,他从车窗探出头大喊:"下一次,别忘了下一次!"轰鸣声早把他的声音淹没了。

下一次我们再见面的时候,已经坐在北去的列车上,他绘声绘色地描述他的可爱的家乡,而我只关心那满山遍野的玫瑰。窗外的景色渐渐地由青绿变成浑黄,狂风搅着黄沙,天地茫茫一片,这是啥鬼地方,我受了欺骗似的恼怒起来,在几百公里的异地他乡,我莫名地焦躁,而他,始终不做任何解释疲惫地睡着了。我只有听天由命。

下了火车又换乘破烂的班车,摇摇晃晃地穿过了光秃秃连绵不断的山岭，终于驰上了荒凉的塬子。到啦，他说不出是惊喜还是叹息。稀稀疏疏的几秆庄稼，躺在砾石和荒草的包围中，说不出的寂寞和荒凉。几缕炊烟袅袅地升上半空，昏黄的太阳又洒下金色光芒，黄昏袭来了，我们对望一眼。"没有骗你，"他用低低的声音说，"这个塬子就叫玫瑰塬，这就是我的老家了。我上大学那年，乡亲们敲锣打鼓把我送出塬，殷切地期望我能回到塬上。还有一年，我就要回来了。"

这一天我们受到乡亲们的款待，听够了赞美大城市人大方漂亮的溢美之词。我在这里俨然成了一位贵宾，在诚惶诚恐中闹了不少笑话。夜晚他安排我在亲戚家住下，约我明天到塬上走走，疲惫的我在寒夜里沉沉睡去。

初秋的太阳从天际光芒四射地跃出，塬上的青草闪烁着晶莹的露珠，变幻着五光十色。脚下的泥土干燥、沙石很多，苍穹底下，只有数不清的山峦环抱一块广漠的荒塬。

昨晚睡前我一直在思索，为什么给这个地方取了个美丽动听的名字呢，当阳光从贴着红窗花的木格窗里透过来，我才从梦中醒来，随即就听到他在窗外的叫喊。

走了很久，他放慢了脚步，开始踢石头，用一种忧郁的声调说："你一定怪我把你骗到这里来，我只是想请你做一个证人，证明我没有对大家说谎。"他深吸了一口气，"我给你讲一个故事，我爷爷的爷爷在世的时候，流传下来的：一对青年男女来到这个塬上，准备在这里建造幸福家园。那时候，塬上的土地也好不了多少，他们披星戴月在这块贫瘠的土地上耕耘，但也刨不出多少粮食。突然一天，女的积劳成疾濒临死亡，她对男的说，我好想看到满塬的庄稼啊。男的流泪埋葬了爱人，发誓要在这里活下来，让塬上长满庄稼。可是几辈人下来，这里仍是衰草连天，依然贫困呀！这男的就是我爷爷的爷爷，女的名叫玫瑰，那就是她的坟冢。"

他忽然停下脚步，指着不远处一个孤零零的土丘。野草萋萋，没有纪念墓碑，只是一座荒冢。

我为之悸动，回头看见他的眼圈已经红了。他仰天长叹："几代人啊，这个梦想还没有实现哪！"抑制不住的激动和悲伤。

我忽然问他："你当初选择农牧专业，就是因为这几代人的梦想？"他点点头。

"为了这个故事，我怎忍心只顾寻找自己的幸福，何况乡亲们待我又是那么好，我能离开这塬子吗？你相信我能圆了这个梦吗？"

我把手递给他，紧紧握住："我相信的，你会让它成为鲜花盛开的玫瑰塬的！"我有些动情。

他微笑了："那我们吃什么呢，吃玫瑰花吗？"

"我知道玫瑰盛开在你的心里，到时候别忘了通知我！"

光阴荏苒，一晃几年过去了，我一直想念这个充满理想和朝气的朋友，有的时候在梦中，出现了一片如锦如织的，云彩样的玫瑰塬。

人生的韧度

人生在天地间，渺如沧海之一粟。虽有太史公或重于泰山或轻于鸿毛的生命价值说，但总的来讲，生命既要讲究刚性，也要讲究韧度。老子是推崇水的，说水，至柔也，但无坚不摧，靠的就是生生不息的韧劲。历代的宝剑的材质通常是纯钢里加上绵铁，取钢的硬度，结合铁的韧性，才能打造出削铁如泥的宝剑。人生的最高境界也不过是刚柔相济罢了。

汉代名将韩信，跟随高祖出生入死，谋划天下：明修栈道，暗度陈仓，成功进军关中；垓下十面埋伏，四面楚歌，彻底打败项羽，立下了赫赫战功。因功先后官拜大将军、齐王、楚王等，显赫一时。而当初身为平民时，过淮阴却遭遇当地纨绔子弟的胯下之辱。淮阴屠户中有个年轻人想侮辱韩信，说："虽长大，好带刀剑，怯耳。"（《史记·淮阴侯列传》）并当众侮辱他说："能死，刺我；不能，出胯下。"韩信注视了对方良久，慢慢低下身来，从他的胯裆下爬了过去。街上的人都耻笑韩信，认为他是个怯懦之人。果真如此吗？以韩信的智商看，是小不忍则乱大谋也，如果此时拔剑而起，逞一时之勇，要么被别人杀死，要么杀死对方而自己身陷囹圄。大丈夫能屈能伸，屈就是柔，是韧性；伸就是刚，为刚强。生命的韧度表现在面对挫折时以退为进，退一步海阔天空。

英国作家笛福塑造的鲁滨孙，流落在荒无人烟的小岛上，孤独地生活了28年之久，在绝望中也曾想到过结束生命。但在接受现实之后，开始收拾一切有用的工具，想方设法地搜集食物，学会了种植小麦、烤制面包；学会了制作家具，花上几年时间制作独木舟；学会了驯养野羊作为肉源。上天虽然没有准备降大任于他，但鲁滨孙凭借超人的耐心终于重返文明世界。生命的韧度也表现在对人生目标的坚守。《劝学篇》云："锲而舍之，朽木不折；锲而不舍，金石可镂。"求学如此，做事如此，人生亦如此。

人生不如意者十之八九。工作压力，个人感情挫折不过是人生无数磨难中的一种，放弃生命其实是怯懦的表现，因为活着比死亡更坚强。社会发展的滚滚洪流中，物竞天择，适者生存是最基本的法则。不如增加一点生命的韧度，不让生命之舟途中倾覆。

（刊于《作文周刊》2013年2月4日）

读书札记

夜读荀子《劝学篇》:"吾常终日而思矣,不如须臾之所学也;吾尝跂而望矣,不如登高之博见也。"于我心有戚戚焉。心想不愧继承了孔圣人的衣钵。孔子也曾说"学而不思则罔,思而不学则殆",反复讨论了学和思的关系。遗憾的是,现代人读书越来越少,在网上浏览碎片化信息的越来越多;思考的少,忧郁的多。

罗丹的《思想者》原本是雕塑《地狱之门》的一个组成部分,却深深打动人心:思想者以手抵额全身扭曲的夸张表情,刻画出巨大的精神力量。正是思想的巨大力量推动了人类文明不断进步,每次深刻社会变革,无不是从思想解放开始:欧洲的文艺复兴,推动了资本主义萌芽冲破中世纪的黑暗统治;近代中国的社会变革,也是从新文化运动开始。难怪历史上有暴君为了禁锢思想、巩固统治,不惜焚书坑儒。古今中外,不胜枚举。

可思想怎么能禁锢得了?欧洲的中世纪,基督教会刬掉古老的羊皮卷上的文字,德国纳粹疯狂地焚烧人类的进步书籍,历史巨轮滚滚前进,"我思,故我在。"这是笛卡儿的名言。人类并没有停止思考。

所以，现在有时间静下心来，一边品茗，一边读书的人是幸福的。匆匆的生活节奏中，有这样一段闲暇时光，放慢我们追逐的脚步，往往是发现自我的机会。

（刊于《黔南日报》2013年6月30日）

幸福在哪里

有一部电影叫《当幸福来敲门》,我很在意这个名字。当时虽然没有看具体内容,但是一下子记住了它。当幸福来临时,我们做好准备了没有?在你的意料之中,还是意料之外?是邻家女孩,还是天外来客?我们都无法提前知道。

很长一段时间,曾流行一首歌曲《幸福在哪里》,很多人用它来调侃当下的生活,在高昂的生存代价面前,无所适从的草根平民,当他们的幸福感没有统计部门的幸福指数高的时候。农民工组合旭日阳刚的一曲《春天里》,唱出了无数人的心声,温暖了人们寻找幸福的信心。

幸福不是一件很容易的事,但也没想象中那么难。它取决于一个人的心态,而不在于一个人的状态。我每天都要走过广场,路过一家杂货店。看店的男人细心地给顾客取冷饮,收补零钱,闲暇时候插上店里的卡拉OK,忘情唱上一曲。我常常听到《苦咖啡》的旋律,他的生活未必是苦,怀旧是男人的常态,是苦咖啡式的幸福。

好高骛远地追求一个错误的目标,是很痛苦的事,我们恰恰容易犯这个错误。《伊索寓言》里说,一只向往天空飞翔的乌龟,结果在飞上天空之后摔了个粉身碎骨。目标错误,结果注定糟糕。

幸福没有终点站,它恰恰在过程之中。路上的风景往往是被我们所忽略的。所以,有人在不断追逐之后,光阴荏苒,依然两手空空。

别人的幸福绝不是自己的幸福。这句话应该这么理解:别人的幸福不等同于自己的幸福,攀比使人盲目,虚荣使人盲目;追逐别人的幸福是一种盲目。"你站在桥上看风景,看风景人在楼上看你。明月装饰了你的窗子,你装饰了别人的梦。"传达了幸福真谛:幸福感觉互有相通,幸福方式各有不同。

"好花堪折直须折,莫待无花空折枝",似乎不仅是劝诫人们要及时行乐,还要幸福地活在当下,这必将是我们首要的选择。

(刊于《安康日报》2013年4月22日)

另眼看奥运"首金"

北京时间7月28日18时,2012年伦敦奥运会女子10米气步枪决赛在伦敦皇家炮团军营打响第一枪。中国选手易思玲和喻丹分别以资格赛第二名和第四名的成绩进入决赛。最终易思玲逆转夺得冠军,喻丹夺得铜牌。奥运首金在万众瞩目中尘埃落定,中国女射击运动员的稳定发挥,使备受国人关注的奥运"首金梦"终于如愿以偿。于是媒体纷纷聚焦在勇夺首金的易思玲身上,鲜花与掌声随之如潮水涌来,体现了中国式"开门红"的自信与喜悦。

我通过直播观看了比赛的全过程。易思玲和喻丹的表现让人惊喜。射击运动需要超乎常人的冷静。所以看到她们气定神闲地瞄准和击发,我们无法体会她们内心承受的巨大压力。高手对决,胜负只在毫厘之间,拼的就是心理素质。易思玲的逆转也能充分说明这一点。何况她们还肩负冲击奥运首金的巨大压力!所以中国姑娘是好样的!随着最后一轮击发,在锁定胜利之后,易思玲的退场动作仍然十分冷静,看得出控制了巨大的内心激动和喜悦。

我突然想,假使中国射击运动员没有拿到奥运"首金"怎么办?"首金"是否应该承受如此之"重"?冷静思考之余,发现用平常心看奥运"首金"才是国人应有的正确态度。只有这样，方能体现真正的运动精神，中国运动员才能摆脱更多的压力，使竞技水平得到淋漓尽致的发挥。

奥运的宗旨是"和平与友谊"。奥运精神是"更快、更高、更强、更团结"。奥运首金和其他金牌一样，只是一种激励手段而不是目的。运动员更多的是享受高水平竞技的愉悦。若过多注入非运动因素，只会增添更多额外压力。

关注"首金"，完全体现了"好的开始是成功的一半""开门红"讨个利是，同时鼓舞士气等中国式思维。但是，奥运"首金"可以追求，但不必较真。这样，中国运动健儿可以轻装上阵完美发挥。因为北京奥运会的成功举办，就展示了中国运动的实力。中国运动凭借自身的底气和不懈的努力，只会越来越好。相信优势项目如此，一些弱势项目也能在国人平常心的期待中，奋力突围，刷新成绩！

《花腰新娘》观后

人常说,老不谈"三国",少不看"西游",夜不读"聊斋"。这大概与《三国演义》演权变智谋,《西游记》谈神仙妖怪,而《聊斋志异》多写鬼狐人生各个阶段阅历有关。年轻时注重实干,不尚空谈,正所谓看了《西游记》,误了棉花地;年老时讲究清静无为,应少心机;夜阑人静,正是人们酣睡时分,满脑子鬼怪妖,怎么能睡得着?或曰我正盼望有狐仙来呢!这要看各人的修为,我辈俗人尚不能度己,又焉能度人?

最近夜读《聊斋志异》,是因为看了电影《花腰新娘》的缘故。这部由章家瑞执导、张静初主演的电影,讲述了关于花腰彝族的故事。花腰彝族有一个古老的族规,新娘成婚,最少三年才能落居夫家。影片中从小没了阿妈,由赶马帮的阿爸用马奶养大的凤美,有如花一样美丽,有着山一样的野性。她嫁给闻名四乡的舞龙高手阿龙的那天晚上,不顾族规,闹着要进洞房,将英俊憨厚的阿龙搞得乱了手脚。后来作为未过门的妻子,又缠着阿龙加入了女子舞龙队,当遇到邻村男子舞龙队挑衅的时候,竟赤膊和年轻后生摔跤并取得胜利,这个生气时把自己倒挂在屋梁上闭目养神,烦闷时一口气跑上一万米把烦恼忘到九霄云外的彝族女子,敢爱敢恨,敢做敢当,一反传统窈窈淑女形象，而以她的美丽奔放、无拘无束、至纯至真的形象深深打动了人心。

因此片上映于韩片《我的野蛮女友》之后，所以有人评价张静初演活了一个彝族版的"野蛮女友"。这点我不怎么赞同。

《我的野蛮女友》曾一度在影坛卷起了一阵野蛮风暴，随后出现的一些影片也受到其一定影响。因此有人将《花腰新娘》与其相提并论也是情有可原。其实不难看出，两片的风格明显不同：韩片中塑造的是一个野蛮霸道、个性乖张的反淑女形象，而《花腰新娘》却是一个美丽大胆，洒脱但不失内敛的彝族女子形象。

《花腰新娘》中人物美和环境美达到了高度的统一，体现了固有的东方审美风格。恰如沈从文的《边城》里的山水风光，人物形象却不同于翠翠。翠翠美丽纯情，性格柔婉，是山水美的化身。

蒲松龄先生在《聊斋志异》里的《婴宁》一篇中，不仅写出了婴宁的天真娇憨、"狂而不损其媚"的性格，而且着力描出了那山中"笑矣乎"生活的环境。婴宁诞生在比桃花源"芳草鲜美、落英缤纷"还要美艳的园圃之中，园外"乱山合沓，空翠爽肌"，园内"细草铺毡、杨花糁径"，她真有点像得山水灵秀之气的精灵。《花腰新娘》中的凤美和婴宁的神似之处在于她们都有美丽的外表和"狂而不损其媚"的性格。

我以为，《花腰新娘》蕴藉了深厚的文化底蕴，体现了地道的东方文化特色，既奔放又内敛，是一种"狂而不损其媚"的美，怎一个"野蛮"可以概括得了？影片以独特的视角，给观众迥异于《我的野蛮女友》的全新感受。

岁月如歌

心情不好的时候，我总喜欢听听音乐。在悠扬的乐声里，渐渐物我两忘，心里一片宁静。

喜欢电影主题曲在我第一次看电影时就开始了，记得是李连杰主演的《少林寺》，剧中美丽的牧羊姑娘唱起哀婉的《牧羊曲》，让人久久不能忘怀。后来又渐次听到了黄飞鸿系列的主题曲《男儿当自强》。这首歌慷慨激昂，唱出了男人心中的万丈豪气，眼前仿佛金戈铁马气吞万里如虎。上中专时有一次举办主题班会，我用了这首曲子做背景音乐，效果很好。如今毕业多年了，一些老同学对此还有深刻的印象。

其实，我对音乐的热爱并不是与生俱来的。儿时在瓦房店上小学时，遇上一位颇严厉的音乐老师，教唱歌时腋下总夹着一只拇指粗细的竹节鞭，一旦谁唱跑调了他就给一竹鞭，打得我们人人恐惧。说真的，我们都爱唱歌，但在竹节鞭的威慑之下却变得兴趣全无。看来，只有身为学生才能深刻体会到素质教育的迫切性，偏偏她是班主任，你不学都不行。于是我们万般无奈只好硬着头皮上好每一节音乐课。我的大部分同窗也因此在唱歌方面打下了不错的基础，有一位后来还上了音乐学院，倒真应了"严师出高徒"这句古训。我唱得不怎么好，但唯一令我感到欣慰的是不太跑调。

在我看来，西洋乐器太严肃，现在我仅仅对小提琴曲《梁祝》和萨克斯曲《回家》有所认同。但总觉得欣赏它们就像天天吃肯德基，时间长了到底有点腻味。不似咱们民族音乐那样让人魂牵梦绕、回味无穷。我喜欢竹笛吹奏的《春江花月夜》的清脆悠扬余音袅袅；喜欢葫芦丝演奏的轻盈缠绵的《月光下的凤尾竹》；此外，还有琵琶的铿锵有力，箫的悲，埙的怨……我都有浓厚的兴趣。演奏这些乐器、赋予它们不同的情感，需要的是灵性，是一种与生俱来的天赋。

对于流行音乐，我没有多少了解。我喜欢齐秦的那首《痛并快乐着》。记得白岩松出版的一本书，也以此为名，在忧郁沙哑的歌声中，流露出些许人生的坚韧和无奈；也很喜欢田震的《执着》："我想超越平凡的生活，注定现在暂时漂泊；无法停止我内心的狂热，对未来的执着。"谁听到这样的歌声不会感动呢？

西洋乐也罢，民族乐也罢，时下褒贬不一的流行音乐也罢，无所谓阳春白雪和下里巴人之分，只要它抒发的是真性情，是来自灵魂深处的声音，都应该受到人们的喜爱。

阅读舞蹈

舞蹈是肢体语言,因此是可以阅读的。比如,杨丽萍的孔雀舞《雀之灵》,我就是用阅读的方式去欣赏的。在如水的乐曲里,一只美丽的孔雀翩翩起舞。那灵动的魔幻的手指,幻化出万千美丽的倩影,在动与静、虚和实之间展现了极致的惊艳。一瞬间我即被感动得热泪盈眶。

杨丽萍的舞蹈是真正原生态的。她所舞出的纯净柔美的舞蹈,是特殊的艺术形象、特殊的灵慧气质在自然原始的人文风貌里孕育出的艺术瑰宝,处处展现出天人合一的默契。它使人不得不信服法国雕塑大师罗丹的名言:"生活中并不缺少美,而是缺少发现。"

我在《千手观音》的舞蹈中读到了佛的悲悯,读到了佛即众生、众生即佛的宗教情怀。残疾人艺术团那些舞蹈家们以身体的不完美对比出的艺术的完美,怎能不让人深深地震撼呢!

我在舞蹈《小城雨巷》中读到了戴望舒的诗意。那江南雨巷中袅袅婷婷的女子,独自撑着油纸伞的朦胧和忧郁,时时刻刻叩击着我的心弦,提醒我是否走在悠长悠长的雨巷中,邂逅一个丁香般结着愁怨的似曾相识的姑娘。

阅读舞蹈,会使你灵魂安静,从而在城市的喧哗和骚动中逐步去掉浮躁之气，也会使你挣脱生活里的麻木和重复的桎梏，去接触真、善、美。

（刊于《中国教师报》2014年3月19日）

关于紫阳置县时间的说明

近来，有不少热心的朋友对紫阳置县500年的说法提出质疑，认为紫阳置县时间至少在千年以上云云。在此，我将紫阳置县情况试做说明，仅供参考。

据现存清道光年间《紫阳县志》等记载，紫阳曾经四设县治，分别是广城县、汉阳县、宁都县、紫阳县。紫阳置县最早可以追溯到南北朝时期（420—589）距今约1500年。

南朝宋（420—479）时设广城县，《宋·州郡志》记载：魏兴郡有广城县。据郦道元《水经注》中记载，治所大概在今任河流域。梁（502—557）时废。时间跨度约为100年左右。

北魏正始二年（505）至北魏孝昌三年（527）间设立汉阳县，西魏废帝元年（552）撤销。《陕西地理沿革》一书中记述：汉阳县故城，在紫阳县北60里，即今汉王城。

西魏（535—556）时设宁都县，治所在汉水流域白马石附近，北周（557—581）后废，大约存在了五十余年。

正式出现紫阳县这个名称是在明朝。据清道光《紫阳县志》记载：紫阳在州城西250里，本汉阴县东南隅，明正德五年（1510）设紫阳堡，正德七年（1512）总制洪钟奏升为县。因县南紫阳滩旁有三洞（即仙人洞），乃紫阳真人（张伯端）

所居，县名本此。从此时算起，有紫阳县整整500年。

持紫阳置县在千年以上说者，是从紫阳有县级行政单位算起的，这样理解也没有错。但当时名称为广城县或宁都县。

持紫阳置县500年说者，是从正式出现紫阳县开始算起的，到2020年刚好500周年。此说应更靠谱，但只是说法不够严谨罢了。如果说"置紫阳县500年"，也许就不会引起争议了。

晚清进士赖清键

紫阳县东木镇七元河村是隐藏在大巴山中的一个偏僻山村，清代属兴安府紫阳县东明里管辖。这里是清乾隆年间赖氏家族移民来紫阳的落脚地和发源地，一百多年后，从赖家走出了一名进士赖清键，作为陕南知识分子的代表之一，登上了晚清历史舞台。

赖清键，又名赖秦雄、霞举、晓城，号铣州，又号仙竹。清道光二十六年（1846）出生于紫阳松河赖家院子，系松阳郡赖氏迁闽始祖赖标的第十八代孙、福建上杭赖氏支祖赖天锡的第八代孙、上杭赖氏迁陕之第四代传人。赖清键于同治十二年（1873）拔贡；光绪二年（1876）中举，为陕西省第九名；光绪九年（1883）京试进士，授工部主事、虞衡司行走、花翎员外郎，后任制造库郎中，调任广东肇庆府知府加盐运使衔。辛亥革命后，赖清键辞官归隐，卒于福建上杭。

一、学优则仕

清乾隆中叶，赖天锡第五代孙赖连元、赖泰元、赖高元、赖禄元、赖升元、赖福元、赖寿元及聪顺诸公由福建迁徙至陕西省兴安府，散居在安康县恒口、紫阳县松河流域等地。赖氏初到陕南8人，有7人都居住在紫阳县松河流域的张家楼。张家楼旁有一小河，因赖氏元派七弟兄在此居住，而得名"七元河"。赖清键曾祖赖连元，祖赖云翔，父赖立章。赖清键排行第三，后过继给三房赖立韬为嗣。幼时家贫，但耕读传家一直是赖氏家族的家风，在家族的鼓励和支持下，赖清键学业顺利，27岁拔贡，30岁中举，37岁进京殿试，登进士三甲第46名。赖清键参加京试会试考卷的三篇论文和一首五言八韵诗被收入《钦命四书诗题》中。其一，《知其说者之于天下也，其如示诸斯乎》，批曰："气清笔健，理足神完，纯以精意结构，扫却祭礼一切套语，中边俱彻，虚实兼到，揣摩纯熟之作。"其二，《文理密察足以有别也》，批曰："刻挚之思，以清华之笔出之，字字熨帖，语语坚卓，理题得此，尘障一空，是文品之最高者也。"其三，《其事则齐桓晋文，其文则史》，批曰："吹古成腴，使才得隽，不肯浪费笔墨，而仰承俯注，题分丝丝入扣，是为乡燥手柔之候。"其四为诗作，题为《赋得花开鸟鸣晨，得晨字五言八韵》，全诗如下：报道花开早，枝头语最新。方经鸡唱晓，又叫鸟鸣晨。韶景关心久，清音入耳频。云霞千树锦，弦管一林春。午蝶犹粘露，流莺恰比邻。伤飞金谷酒，梦醒玉楼人。养艳阴堪惜，迁乔意倍亲。鸳班殷待漏，离藻献丹宸。批曰："珠圆玉润，秀语天成"。从中不难看出，赖清键不仅才思敏捷，而且颇具维新思想观念。

赖清键仕途通达，给家族创造了炫目的荣耀。随着光绪二年（1876）赖清键中举，赖氏家族进入了全盛时期。当年赖家即开始大兴土木，在张家楼房一带修成了颇有气势的赖家庄园，门窗雕花，古色古香，屋宇相接，从茅棚子至麻柳树连成一片，给古老的深山僻壤带来了许多喧闹。光绪九年（1883）赖清键京试进士授工部主事后，朝廷又御赐赖氏庄园石旗杆一副、匾额两块、"肃静回避"虎头牌16块，由是赖家声名日盛。

二、从宦生涯

光绪二十一年（1895），康有为于宣武城南之松竹庵召集在京举人1300余人联合向都察院上书，请求迁都、拒和、变法、强国，史称"公车上书"。当时陕西省参加上书题名者55人，兴安府有紫阳赖清键，洵阳桂嘉会（亦名桂东林），平利胡钧、胡永荣、洪祥麟等人参加上书。时赖清键已调任广东肇庆府知府，由于广东系维新派领袖康有为、梁启超之故乡，资产阶级革命思想颇为普及。光绪十六年（1890），康有为开始在广州云衢书屋收徒讲学，宣传变法维新的思想和主张。肇庆离广州不远，赖清键亦深受其感染，变法维新思想十分活跃，仅以他所职辖的肇庆府而言，参加公车上书的举人达十人之多。赖清键作为陕南边远山区的知识分子，为富国强兵、振兴中华所做出的义无反顾的举动，为推动戊戌变法起到了积极作用。随着戊戌变法的失败，赖清键虽然没有受到牵连，但一直没有升迁。尽管想励精图治有一番作为，但已经无力挽回清廷日薄西山的命运了。赖清键主政肇庆一直到辛亥革命爆发。

1911年10月10日，武昌起义爆发，湖北宣布独立。接着是湖南、陕西、江西、山西、云南、上海、贵州、浙江、江苏、安徽、广西、福建等地相继宣布脱离清政府。11月9日，广东宣布独立，成立军政府。推举胡汉民为都督，陈炯明为副都督。也是在广东宣布独立的同日，肇庆巡防营管带隆世储所部3个营、李耀汉所部1个营宣布起义，宣布肇庆独立，归附独立的广东军政府。肇庆知府赖清键被民军羁留。肇庆辛亥起义成功后，在肇庆成立了以隆世储为首的广东军政府粤海道肇罗军政分府。11月11日，同盟会高要支部负责人陈子忠在原高要自治公所组织临时民政部，推举赖清键为民政部部长，赖清键不肯就任，临时民政部未能成立。

三、隐居上杭

在革命浪潮席卷全国的大背景下，赖清键怀着对清廷的失望，以及对革命形势的担忧，选择了隐退。在宦海沉浮近四十年的他，深感疲倦了。福建上杭本来是他的祖居之地，那里有他的赖氏宗亲。其实在30岁中举之后，他就亲自编纂了迁陕赖氏族谱，冥冥之中似乎自有天意，让他回到故土。而他生活了三十多年的故乡陕南，似乎是他人生旅途的驿站，他再也没有回去过。辛亥革命以后，赖清键担任了上杭县峰川学校校长，投身教育事业，从一代名宦转变为一代名儒。1915年，他构筑新居，取名为圆头冈磐石山房；1917年前后，他辞去峰校校长职务。

晚年自号庸叟，所记日记由好友丘复编校。丘复原名邱馥，福建上杭人，是民国前后闽粤两省知名的学者和教育家。《庸叟日记菁华》于民国二十三年（1934）印刷出版，线装2册，一至四卷为日记，卷五为附录。日记始记于丙戌年（1886）九月初二，止于乙丑年（1925）八月，前后跨四十余年。卷首有庸叟遗像，许自兴、钟之灏作序。沈伟业作像赞并序，题赞为："正谊如仲舒，家法如万石，治化如文翁，乡行如陈实，兼醇儒名宦而一之，是不尚文而尚质。"封面由李云霄题签，扉页由杨葆球题签。本书较为详细地记载了赖清键走上仕途的重要经历，是研究赖清键思想演变的可靠资料。

赖清键卒于乙丑年（1925），《庸叟日记菁华》中记载了赖清键在80岁寿辰上自拟的两副对联,其中一联写道:80年迅度,看世局怪怪奇奇,过眼都如梦幻;七千里来归,念我生辛辛苦苦,扪心虚负宗亲。另一联为:无姜尚遇,无梁灏才,匆促八十年,且缓须臾观世变;非洛社英,非香山彦,退藏五千日,唯存迂拙葆天真。借此对自己的一生经历做了深刻总结,颇多人生感慨。

(刊于《安康文化》2015年第3期)

读叶松铖散文有感

我和松铖先生从未谋面，相识于网上一个名叫"汉水文化圈"的博客群。因为读了他的文章，渐渐佩服其文章的纯美，所以神交许久，建立了一种亦师亦友的关系。在网上看了先生的照片，模样清瘦而干练，透露出儒雅气息，我就想，这就是真正读书人的形象。果然不久，他就托朋友送来一本厚厚的《墨韵》。

正如贾平凹写商州所说，紫阳也是一个很神奇的地方，出山水出人物出文章。紫阳建县只有五百多年时间，民众教化也晚，但是文风鼎盛，影响深远，不同时期都有一大批读书写作的人。物华天宝，龙光射牛斗之墟；地灵人杰，徐孺下陈藩之榻。或许，和这片佳山美水相关吧。

所以，在紫阳籍作家的作品中，首先就表达出对故乡山水的吟唱。松铖先生在《行吟任河》一文中写道："七百里任河缥缥缈缈；七百里任河纤尘不染。而流经紫阳的百里水程，更是碧如翡翠，腻滑似绸，铮铮淙淙，弹一曲高山流水，潺潺湲湲投进汉江壮阔的臂弯。"又如《老街》："老街是僵瘦的。在黄昏的天际下，它苍凉得犹如一段弯曲的古木。幽蓝的河水，夜夜舐舔着它，木刻般粗笨的圆柱和板壁构成的阁楼，倾斜在铅色的阴影里……"

笔触间对故土的熟悉,对故土的依恋,都流淌在涓涓的文字中了。

以健笔写柔情是《墨韵》传神的地方,《灵泉》《石笋》《一线天》是对地方风物的审美。作者以真挚的情感、朴实干净的文字,不矫揉不造作,笔触下是一山一水,同时又能不局限于对山川的刻画,而是有所寄托,"仰观宇宙之大,俯察品类之盛",往往体现了作者的胸襟和眼界。

季羡林语:"谈身边琐事而有所寄托,论人情世局而颇具文采,因小见大,余味无穷。"是写作散文的心血所得。松铖先生的文章无论写山水,写人物,写世情,均能以小见大,如《白菜与做人》:"白菜高洁而不高贵,普通却不卑微","母亲对白菜中肯的评价,实际上是留给我一把做人的尺子。"在《悠悠苦茶情》中写道:"父亲走了,平平静静地走了。我开始学着品尝苦茶——那种连喝三碗而不改其味的大块状的粗茶,我不知道我是否能品出父亲从前的滋味,但我要努力去做。"

松铖先生是一位学养很丰富的人,诸子百家经史子集以及宗教典籍都有所涉猎。所以他的作品往往厚积薄发,味道醇厚,有着充满人生智慧的哲学意味和悲天悯人的宗教情怀。现在很多人都在写、在出书,但往往由于学养不够体会不深都成了速朽的东西。十年磨一剑和一日磨十剑那是不可同日而语的,《墨韵》中就有着这样的精品意识。如集子中堪称文眼的《墨韵》和《鹞鹰》。《墨韵》中写石老先生抚着颏下的银髯,意味深长地说:"颜体严谨,方正,骨中藏气,是师之楷模;魏碑敦实,拙朴,无漂浮之态,是为人之品。"

松铖先生身居政府部门,是国家的公职人员,案牍劳累之余能静下心来写作，耳闻目睹官场的明争暗斗和都市繁华而能去浮躁之气，保持一颗清醒的头脑，是非常难能可贵的，是所谓的大隐隐于市吧，但他没有看破红尘，而是积极入世。在《我是佛》中写道，"释迦牟尼原本也是红尘中人，他历经劫难，几经轮回，终于有一天，坐在菩提树下，忽而灵台明净，万事皆空，他觉悟了，成了佛"。后来，写到人心向善便成了佛。这就是一种对人生透彻的感悟吧。

所以，有了写党员干部做事的《不能失掉自己》《领导的帅与率》《我们眼里期待什么》《可怕的刘贵正现象》，都表达出对共产党员清廉操守的呼唤和期盼；所以，有了关乎环境保护问题的《有感于韦东英的环保意识》《长江水还会清吗》《江水灵秀》等篇章。我更喜欢读的是一些思辨文章《名人≠大师》《孔子教育的一次失败》《伯乐也是才》。有人说人品即文品，没有高尚的道德修养是写不出这些文章来的。

临了，我才感到自己的冒失，一个后学小辈，对先生的文章妄加雌黄，不是有些不知天高地厚了吗，但有感于江河不择细流方能成其广大，相信松铖先生的胸襟能够容纳，不会嘲笑我班门弄斧吧。

文字的风骨

犁航是近年来陕西文坛涌现出来的青年作家。他的散文随笔作品以开阔的思想视野、圆熟的文字技巧、深刻的生活体验征服了大批读者，获得了众多编辑的青睐。2013年结集出版的散文随笔集《谁能逃出自己的手掌》，集中了作者近年来创作的部分成果，展现了鲜亮的个人风格。通篇来看，犁航文字干净洗练，或直抒胸臆，或因寄所托，读来励志、精警、温暖，处处体现了文字的风骨，充满阳光向上的力量。

犁航是一个敬畏文字的人，从《文字的智慧》到《语言的温度》《一枚符号的能量》，通过说文解字、烛幽探微，体现了一个作家的尊严和使命感。相比之下，在文字泛滥的今天，游戏笔墨、矫揉造作的文字大行其道，因此，这些真诚的文字读来让人可亲可敬。

他在《我是一朵蘑菇》《挺拔的云杉》中托物言志："我用自己引以自豪的身体遗世独立，我不需要踩着别人的肩膀攀取更大的保护伞。我自主、独立，我的精神像我的身躯一样昂扬和挺拔……云杉弱小卑微时，优势不明显，得不到认可，唯一能做的，就是挺拔身躯，努力拼搏！"此外，在他多篇文章中出现的主人公德福身上，也能看到他本人的影子。我知道他是一个知行合一的人，从山乡小镇到县委宣传部，再到市文研室，他通过顽强拼搏，步履坚定地一路走来，料想在不久的将来，还会走得更远。

有人指出，当前散文创作有些明显的弊端：一是平庸与平泛，以相似的形式传递陈旧的认知；二是细琐与矫揉，以小技巧把玩一己之欢。犁航散文创作，以其智慧和涵养，扬长避短，去芜存真，开拓了新的境界。

他的解读西游系列，从众人熟知的唐僧师徒身上推陈出新，挖掘出现代人生的尴尬处境，抨击官场中的丑恶，幽默而又不失深刻。如《唐僧提干》《取经路上，为何悟空作战不给力》《孙悟空为啥混不过唐僧》等文讽刺了用人上的不正之风，对于建立健全合理选拔人才机制起到了一定的警示作用。还有那篇《史上最牛的"海归"》，借唐僧取经的故事，亦庄亦谐，善意讽刺了学术上的镀金现象，一时间激起很大反响，被凤凰卫视等各大媒体转载。

犁航的散文随笔接地气，有思想，针砭时弊，弘扬正气，如发表在《人民日报》上的评论文章《谈文化还是讲故事？》指出当代文化与学术发展应当适当进行理性作品的普及，努力调整已经偏颇的思维方式，以培养国人健康的思维品格；《网游不能拿传统美德开涮》对日益风靡的网络游戏只顾商业开发，没有道德底线提出了大胆质疑。

沉潜多时，犁航的散文创作已经呈现出"横看成岭侧成峰"的万千气象，目前刚刚步入收获季节，他在短短数年时间，就在全国两百多家报刊发表作品近百万字，不少作品被核心期刊刊发转载。正所谓冰冻三尺，非一日之寒，期待他继续积淀，不断创新，写出更多有力量、有深度的文字。

（刊于《安康文学》2014年春季刊）

诗情画意瓦房店
——读周平松的散文《瓦房店记》

叶柏成

平松的散文写得不是很多，这或许是他对自己所写的文字从严要求的缘故吧，不求数量，但求质量、精益求精。所以他发表的每一篇文字都是经过深思熟虑、巧妙构思、精心打磨的。就像经过漫长发酵的面团，揉捏成型后放在蒸锅里，非要达到一定的火候，端出来的才是热气腾腾的美食。他所发表的文章我几乎篇篇都读，篇篇都能让我品味到生活的酸甜苦辣。平松的散文大多篇幅短小，少则几百字，多则千把字。但他写的这些文章总可以让我们从有限的文字里，从一事一物里体味出个中的深邃智慧和千古留存的不朽哲理。

在他发表的散文中，刊登在《人民日报》上的散文《瓦房店记》（2014年6月11日《人民日报》第24版）是不同凡响的一篇，也是字数比较多的一篇。从某种意义上说，是他散文创作的代表作。这篇文章我看了好几遍，每看一遍，都有不小的收获。

"陕西紫阳县城西南十里，溯任河而上，如果看到河岸一座七级白塔,就到了瓦房店。七百里任河一路迤逦而来,邂逅渚河于镇西。古来两水交汇皆为市井。瓦房店独得地利,自从西北五省六馆十七家商会落户以来,名声大噪州县。本县特产茶叶、桐油、土漆、黄麻、白丝,源源不断地聚散此地,上接巴蜀,下通荆湘,行销全国。据县志载,瓦房店曾被誉为'小汉口'。"文章开门见山,直奔主题。从地理环境、地理位置,以及特殊的交通枢纽,交代清楚了瓦房店所独有的特殊地理位置。文字精练、清丽、明快,给人以言简意赅、清楚明了的感觉。

除此而外,其散文作品《瓦房店记》在整篇文章的架构中还具有诗情画意美与音乐美。譬如:"古镇依山傍水,镇北即茶山。千亩茶园漫山遍野,氤氲着山水的灵气,自古以来就是贡茶的产地。各会馆散落于山梁,簇拥着泰山庙,山上山下有小巷与镇街相通。唯有武昌馆伴在山下瓦房沟旁。每到金秋,会馆里数十棵丹桂,熏得满镇飘香。真是三秋桂子,十里荷花。""一时间,月亮底下这个悠然入梦的古镇,也在歌声里朦胧起来了。"赏读完这些文字,让我感觉到有一缕缕诗意在文字中升腾开来,仿佛执一杯茗茶在手,在细细品赏中余香满口。

而从对白昼里闹社火以及夜晚里汉戏的粉墨登场的场景描写,带给我们的是响彻云霄此起彼伏的嘹亮音乐和生龙活虎的传神画面:

"白昼里社火闹得正欢,踩高跷的,舞狮子的,一群乐师有节奏地敲着昂扬的鼓点,把一河两岸的人们都吸引了过来。那高跷队的扮了一出出热闹戏文,弄乖作怪逗得众人开怀大笑。尤其是演《西游记》的,把唐僧的虔诚、八戒的贪婪、行者的精明、沙和尚的老实演得硬是活灵活现。仔细辨认演员,原来是卖豆腐的张三、撑船的李四、开杂货铺的王五等。各色人等都变换了世俗角色，沉醉到戏里去了。"

"夜晚，汉戏粉墨登场。武昌馆的戏台上，三五步走遍天下，六七人百万雄兵。那唱包公的声调铿锵，唱梁山伯和祝英台的，如泣如诉。只见戏台下，喜的时候不觉忘情叫好，错拍了旁人的肩头报以歉意一笑，悲的时候唏嘘不已泪流满面，却牵起孩子的衣袖来抹眼泪。如果笑声此起彼伏，那一定是在上演诙谐的《嫁嫂》了。"通过对这些段落的赏读，耳畔似乎响起阵阵锣鼓唢呐声，仿佛那些飞龙走兽、那些画着脸谱的生末净旦们顾盼生辉，正舞袖而来。

该长则长，该短则短，短时惜墨如金，是散文《瓦房店记》的又一特点。譬如："腊月、正月是一年之中的精华，家家户户的亲朋好友相聚在一起痛痛快快地喝上一壶老酒，品尝着象征蒸蒸日上的蒸盆子。欢声笑语在爆竹声声中散落在青山绿水间，一直飘下来，落在了梦里。"瞧瞧，作者在写正月的热闹与香甜的滋味中，只用了这么几句话，就把一个年节写得香艳欲滴，令人满口生津。

通过对生活场景形象生动、妙趣横生的描写，曼妙的文字所营造的充满浓郁特色的小镇跃然纸上，处处散发着醉人的人间烟火气，令人心驰神往。

散文《瓦房店记》虽篇幅短小，却囊括了人文地理风俗历史的元素，真可谓麻雀虽小、五脏俱全，其容量之大令人折服。我们在愉悦的赏读过程中，无不感受到古老的小镇那唾手可得的诗情画意，是余音在耳、婉转缠绵、脍炙人口的陕南民歌小调，是演绎在民俗中经久不衰丰富多彩的地域文化和倔强热辣的平民豪情。